SOCIÉTÉ

DES

BIBLIOPHILES NORMANDS

N° 50

—

M. ÉMILE LESENS

PALINODS

PRÉSENTÉS AU PUY DE ROUEN

RECUEIL DE PIERRE VIDOUE

(1525)

Précédé d'une Introduction

PAR

E. DE ROBILLARD DE BEAUREPAIRE

ROUEN

IMPRIMERIE LÉON GY

—

M.DCCC.XCVII

INTRODUCTION

Tout le monde sait que le Puy des Palinods de Rouen, que par abréviation on appelait généralement *le Palinod*, n'était à l'origine qu'une confrairie ou charité établie en l'honneur de la conception immaculée de la Vierge. En 1486, le prince en titre, Pierre Daré, seigneur de Chasteau-Raoul, lieutenant général du bailly de Rouen, ajouta, aux exercices de dévotion de l'Association, un concours poétique que l'on nommait *Puy*, parce que les poésies présentées étaient lues, suivant l'usage, sur une estrade ou puy, et, comme ces poésies, chants royaux et ballades, avaient toutes leurs strophes ou couplets terminés par un vers répété uniformément, en manière de refrain, on désigna les poésies et plus tard l'institution elle-même sous le nom de palinod, qui signifie refrain ou chant répété.

Le recueil rarissime que la Société des Bibliophiles réédite et dont elle m'a chargé d'écrire l'introduction, est donc une collection d'anciennes poésies latines et françaises, en l'honneur de l'Immaculée Conception, présentées au Puy ou Palinod de Rouen.

Nous n'avons pas l'intention, à propos de cette réimpression, d'esquisser ici l'histoire de l'institution palinodique : c'est ailleurs que nous nous proposons d'aborder cette tâche avec les détails et les développements qu'elle comporte. Notre dessein en ce moment est infiniment plus modeste Nous voudrions tout simplement déterminer le caractère de ce petit volume et en indiquer l'importance.

Tout d'abord, dès le titre même de son ouvrage, l'auteur a tenu à nous faire connaître les divers éléments qui étaient entrés dans sa composition :

« Palinods, Chants royaulx, Ballades, Rondeaulx et Epi-
« grammes en lhonneur de limmaculée Conception de la
« toute belle mere de dieu, Marie (patronne des Normands)
« presentez au puy a Rouen. Composez par scientifiques
« personnaiges declairez par la table cy dedans contenue.
« Imprimez à Paris. »

« Ils se vendent a Paris a lenseigne de lelephant, a
« Rouen, devant Sainct Martin, a la rue du grand pont
« et a Caen a froide rue, a lenseigne sainct Pierre. »

A la fin du volume, la mention : *Imprimebat Petrus Vidouæus*, nous révèle le nom de l'imprimeur, sans toutefois nous faire connaître la date précise de sa publication.

M. Edouard Frère indique approximativement 1530. M. Ballin, dans sa *Notice historique sur l'Académie des Palinods*, penche pour 1525 et motive ainsi son opinion :

« Ce livre in-8 petit format, composé de cent feuillets
« avec pagination et signatures a été imprimé à Paris par
« Petrus Vidouæus. Il est sans date mais on voit dans

« l'*Histoire de l'imprimerie,* par Jean de la Caille, que
« Pierre Vidoue paraît n'avoir commencé qu'en 1525 et
« qu'il est mort en 1543. D'un autre côté, il résulte d'un
« manuscrit existant a la Bibliothèque de Rouen, conte-
« nant des chants royaux sur l'Immaculée Conception, de
« 1519 à 1528, que quelques-uns des chants du livre sont
« de 1520 a 1524. Je présume donc qu'il a dû être imprimé
« vers 1525. »

Cette dernière remarque nous paraît décisive, aussi
est-ce à ce sentiment que s'est rangé M. Brunet. Après
avoir ainsi tranché la question de date, le savant biblio
graphe consacre au volume la description suivante :

« Recueil curieux et fort rare, composé de cent ff.
« chiffrés y compris le titre, où se voit une image de la
« Vierge. Il est divisé en deux parties ; la première, im-
« primée en caractères gothiques, contient des poésies
« françaises, commençant au folio iii et finissant au recto
« du folio lxxvi, dont le verso est en blanc ; la seconde
« comprend des poésies latines imprimées en lettres
« rondes et terminées par le mot : *Finis,* sur le recto du
« folio c (cent), lequel porte au verso une figure de la
« Vierge, différente de celle du commencement. ».

Au point de vue technique, cette description est complète et ne laisse rien à désirer. Nous voudrions cependant insister un peu sur les figures de la Vierge placées
au frontispice et à la fin du livret Elles appartiennent à
deux types différents et reflètent l'une et l'autre, sous une
forme très expressive, les idées et le goût du moment.

B

La gravure sur bois, assez délicatement traitée, qui est sur le titre, représente la Vierge debout, les mains jointes, la tête nimbée et couronnée Elle est entourée d'emblèmes mystiques et de légendes explicatives empruntées aux livres saints et appliquées à l'Immaculée Conception En haut, le Père Éternel bénissant, avec cette inscription portée sur les enroulements d'un phylactère : *Tota pulchra es amica mea et macula non est in te.* Au-dessous le Soleil : *Electa ut sol;* l'Étoile de la mer, *Stella maris;* la Lune, *Pulchra ut luna;* le Lys, *Sicut lilium inter spinas,* la Porte, *Porta cœli;* la Tour, *Turris Davidica;* le Cèdre, *Cedrus exaltata;* la Rose, *Plantatio rosæ;* la Verge fleurie, *Virga Jesse floruit;* le Puits, *Puteus;* le Jardin fermé, *Hortus conclusus;* la Cité de Dieu, *Civitas Dei;* la Fontaine des jardins, *Fons ortorum;* le Miroir sans tache, *Speculum sine macula :* la belle Olive, *Oliva speciosa.*

L'image de la Vierge, avec cet entourage de figures emblématiques et de légendes, a été très souvent reproduit par les peintres et les sculpteurs du xvi⁰ siècle. Un des autels de la cathédrale de Bayeux nous en offre un spécimen des plus caractéristiques.

La figure qui occupe le verso de la dernière page du volume de Vidoue n'est pas moins digne d'attention, bien qu'elle ne se recommande guère par le mérite de l'exécution. Elle représente sainte Anne, portant dans son sein Marie, et le divin enfant, entourés d'une auréole ovale. La Vierge est nimbée et couronnée; l'enfant qu'elle tient dans ses bras est simplement nimbé. Cette particularité icononographique doit être remarquée, et il y a lieu de rapprocher notre gravure d'un certain nombre de Vierges ou vrantes, où l'on voit dans l'intérieur du corps de la mère de Dieu Jésus-Christ à l'âge d'enfant ou d'homme fait, entouré de rayons (1).

A droite de cette représentation, qui forme le sujet principal, on aperçoit l'ange apparaissant à Joachim pour lui annoncer que son épouse, Anne. allait enfin cesser d'être inféconde. C'est la mise en action du chapitre de la *Vie miraculeuse de sainte Anne*, intitulé :

« Comme Joachim s'en alla voir les bergers et pastou-« reaux gardant son bétail et comme l'ange le conforta. »

A gauche, faisant pendant à cette première scène, l'artiste a représenté la rencontre de Joachim et d'Anne a la porte dorée C'est ce même sujet, familier à tous les artistes du xvi° siècle, qui sert de frontispice au curieux volume de l'*Approbation et confirmation de la confrarie association et statutz de la noble et deuote confraternité de la conception nostre Dame*, imprimé a Rouen vers 1521.

Ajoutons, pour terminer cette description, qu au haut de la gravure du recueil des Palinots on lit distinctement sur les enroulements d'un long phylactère le verset suivant ·

« Nec non erant abyssi et ego concepta eram »

Le contenu du volume auquel nous avons hâte d'arriver demande de plus longues explications.

(1) Cf. *Bulletin archéologique*, année 1896. *L'Eglise de Chissey*, par M. l'abbé Brune, note de la page 9.

Depuis sa fondation, en 1486, jusqu'à sa fermeture, au début de la Révolution, en 1789, le Puy de Rouen avait eu a couronner un grand nombre de poésies. Toutes ces compositions, sous l'influence des changements successifs survenus dans les idées et dans les mœurs s'étaient insensiblement modifiées et n'avaient rien retenu de palinodique que l'allusion finale à la conception de la Vierge, qui était bien un legs persistant du passé. Pour tout le reste, elles ne différaient guère des poésies ordinaires. C'étaient les mêmes rythmes, les mêmes règles, les mêmes images, attestant ainsi que la langue s'était assouplie, que le goût s'était épuré et que l'on avait décidément rompu avec la logomachie prétentieuse, la subtibilité scholastique et la barbarie des premiers jours. Et pourtant, malgré tous ces défauts que nous ne songeons ni à nier ni même à atténuer, ce sont encore ces poésies du début, ces poésies du xvi° siècle qui sont les plus curieuses et les plus utiles à consulter.

Elles nous renseignent, en effet, non seulement au point de vue littéraire, mais encore au point de vue des habitudes sociales, des événements, des croyances, voire même des mouvements populaires et des passions du moment. Le recueil édité par la Société des Bibliophiles normands nous offre un choix des meilleurs palinots antérieurs à 1524, réunis par un homme fort au courant de ces concours et des pièces qui y avaient été présentées ou couronnées. C'est le dessus du panier que l'on a bien voulu nous présenter, nous n'osons dire pour notre plus grand agrément, mais très certainement pour notre plus sûre et plus complète instruction. Sans doute il n'est pas sans utilité de rapprocher ce volume d'autres imprimés du même temps ou de certains recueils manuscrits de la Bibliothèque nationale, de la Bibliothèque de Rouen, ou de la Bibliothèque impériale de Saint-Pétersbourg, mais on doit cependant faire remarquer qu'a lui seul il suffit pour faire connaître l'institution palinodique dans ce qu'elle a d'essentiel et de véritablement caractéristique.

Tout d'abord la liste des auteurs mis à contribution dans l'ouvrage est une indication qui a bien sa valeur. Nous y voyons, en effet, figurer, avec les lauréats les plus applaudis, un certain nombre de personnages ayant acquis une grande notoriété en dehors de leurs triomphes palinodiques.

Voici d'ailleurs, dans l'ordre où ils sont énumérés, les noms de tous ces fameux *agonothétes*, comme les appelle leur historien, M. l'abbé Guiot :

Andry de la Vigne, Guillaume Crétin, Jean Marot, Nicolle Ravenier, Dom Nicolle Lescarre, Pierre Apvril, Nicolle Osmont, Jacques Le Lieur, Jehan Alyne, Guillaume Columbe, Richard Bonneannée, Nicolle Le Vestu, Nicolle Aubert, Pierre Le Lieur, N. Turbot, Guillaume Thibault, Jacques du Parc, Innocent Tourmente, Pierre Le Chevallier, Crygnon de Dieppe, Guygnard appoticaire, Picot, Guillaume Roger, Clément Marot, Jacques Fillaster ou Fillastre, Rasserre, Frère Guillaume Alexis, Nicolle du

Puys, Vivian Le Charpentier, Nicolle de Nerval, Arnoul Chapperon et Jehan Bertran.

Ces poésies françaises sont suivies de trente-six épigrammes latines de différents auteurs et d'une ode en latin de Guillaume Le Maignant. Ces dernières compositions sont en général d'une langue assez élégante ; elles émanent d'écrivains versés dans la connaissance des auteurs classiques et familiarisés avec les règles de la prosodie ; mais, quant au fond des choses, il n'y a aucune différence à établir entre les palinodistes latins et les palinodistes français. Ils peuvent lutter entre eux de subtilité, d'obscurité, parfois même d'extravagance.

Les poètes français, pour nous en tenir à eux, sont au nombre de trente-quatre, ayant écrit soit des chants royaux, soit des ballades, soit des rondeaux, et s'étant même exercé dans tous ces genres a la fois. Ces poésies, sans parler d'un couplet *à ceux qui ont la couronne triomphale en paradis*, que nous mentionnerons par ordre, se répartissent ainsi : chants royaux, non compris une oraison en forme de ballade, cinquante-deux ; ballades, neuf ; rondeaux, avec un argument qui accompagne l un d'eux, quatorze. Le chant royal est évidemment en français la poésie par excellence ; c'est elle qui tient la place d'hon neur et qui emporte les récompenses palinodiques les plus hautes.

Parmi les poètes formant ainsi le bataillon sacré, l'at tention se porte tout d'abord sur ceux qui, comme les deux Marot, avaient acquis une notoriété plus ou moins

éclatante Pourtant si l'on devait juger uniquement. par le
nombre des citations empruntées a chacun de ces poëtes.
de leur valeur palinodique, celui qui occuperait le premier
rang serait un personnage bien oublié maintenant, dom
Nicolle Lescarre, moine benedictin de la grande abbaye de
Saint-Ouen. Il se présente a nous avec treize pièces, dont
sept chants royaux, trois ballades et trois rondeaux, si
bien qu'il peut être regardé, dans une certaine mesure,
tant par le nombre de ses compositions que par la faveur
constante avec laquelle elles furent accueillies, comme le
représentant le plus autorisé de ce genre de poésies. Cette
considération indique immédiatement l'importance de
Nicolle Lescarre au point de vue de l'histoire de ces concours Nous nous hâtons d'ajouter que l'étude de ses
chants royaulx, de ses ballades et de ses rondeaux est
assez fatigante.

Les sept chants royaux ont les lignes palinodiales ou les
refrains suivants .

> Le droict baston rendant force a vieillesse.
> Sans estre assise en la chaire de peste.
> Le sainct desert plein de manne angelique.
> Mont distillant paix, salut, grace et gloire
> Marie rendant terre fertile et grasse.
> Le lucz rendant souceraine harmonie.
> Le chevalier a la forte bombarde

Quelquefois aux indications contenues dans la ligne
palinodiale s'ajoutent celles d'un argument que Lescarre

place volontiers en tête de son chant royal. En voici
quelques exemples :

> Chant royal ou vieillesse humaine
> Tient ung baston qui droict la maine
> En luy donnant force et vertu
> Dont le chien d'enfer est bastu.

> David monstre que *in Cathedra*
> *Pestilentie non sedit*
> La vierge que chacun tiendra
> Sans péché par celeste edit.

> Chant royal dung desert sacré
> Que Dieu pour lui a consacré
> Et preserve de vice immunde
> Qui regne au desert de ce monde.

Le chant royal « du chevalier à la forte bombarde » sur
le thème : *Hostem repellas longius* est l'un des plus connus
de Lescarre. La première strophe où l'on voit figurer à côté
du *Chevalier* le personnage allégorique *Dépit* ayant en face
de lui un autre personnage non moins allégorique *Haut
plaisir*, est ainsi conçu :

> Comme Despit, le canonnier denfer
> Menoit sur fer sa fière couleuvryne
> Qu'il fist par soulfre et salpestre eschauffer
> Pour triumpher et tout mettre en ruyne
> Et tant vallut, par astuce vulpine
> Qu'il vint frapper de son artillerye
> Humanité et sa chevalerie

> Que soubz luy fist captive detenir ;
> Mais Dieu son roy pour l'avoir en sa garde
> Fist Hault Plaisir sur champs dire et tenir
> *Le chevalier à la forte bombarde.*

Du reste, qu'il s'agisse *du droit baston, du saint désert produisant la manne, du mont distillant la paix et le salut, du luth source d'harmonie, de la marse propre a rendre au sol sa fertilité,* le poète s'ingénie toujours à montrer, au moyen de raisonnements laborieux comment ces différents objets peuvent être pris comme autant de symboles de la Vierge immaculée.

Dans le chant royal sur la chaire de pestilence, c'est un autre genre de similitude. Pour Lescarre, cette chaire pestilentielle et symbolique, dans laquelle l'humanité tout entière est forcée de s'asseoir, représente le péché originel dont la tache n'a jamais été infligée à la mère de Dieu C'est ce que le poète nous apprend dans ces vers passablement alambiqués.

> L'air putrefaict mortel et veneneux,
> Grand menuysier de amere pestilence,
> Fist de mort boys prins en lieux espineux
> Une orde chaire, ou, par malivolence,
> Faisoit asseoir, en aspre violence
> En triste pleur en mortel vitupère,
> Tous les enfants de notre premier père,
> Mais Dieu celeste en voulut preserver
> Celle qui fust, en vertu manifeste,

c

> Le vray moyen de tous humains saulver
> *Sans estre assise en la chaire de peste.*

Quelquefois Lescarre abandonne le ton dogmatique et
montre plus de simplicité, comme dans le chant royal sui
vant :

> Le bon Jacob, fuyant vice mondain,
> C'est Esau, disoit en gemissant
> Or ay passé, Dieu mercy le Jourdain
> En m'appuyant en mon baston puissant
> Qui signifie, en sens advertissant,
> La saincte dame et vierge immaculée,
> Dont pour passer cette obscure vallée
> Ou court le fleuve et mer d'iniquité
> Chascun passant, en misere et tristesse,
> Doit desirer, pour vivre en equité,
> *Le droit baston rendant force a vieillesse.*

Toutes ces allégories ne sont sans doute pas beaucoup
moins compliquées que celles avec lesquelles nous avons
déja fait connaissance, mais l'auteur ne nous laisse pas
longtemps dans l'embarras et s'empresse, avec une bonho
mie dont il convient de lui savoir gré, de nous en donner
immédiatement l'explication.

Les ballades et les rondeaux de Nicolle Lescarre offrent
la même physionomie que ses chants royaux. La réputa-
tion de ce poète était d'ailleurs si bien établie que Pierre
Fabri a tenu lui-même à la reconnaître en citant, dans son
Grand art de Rhétorique, a titre d'exemple, deux de ses
compositions : un chant royal et une ballade.

Le chant royal a pour ligne palinodique :

> Pure Lycorne expellant tout venin.

La ballade :

> La Rose en Jherico plantée.

Malgré tous ces témoignages d'admiration quasi offi-
ciels, nous avouerons qu'il est dans le recueil nombre de
pièces, que nous ne tenons certainement pas pour des
chefs d'œuvre, mais que nous serions cependant tenté de
préférer aux chants royaux, ballades et rondeaux si vantés
du religieux bénédictin. M. Ballin, qui avait lu, non sans
fatigue, toutes ces poésies, estimait que la plus suppor-
table était le chant royal du *Beau Dauphin*, par Mᵉ Pierre
Apvril.

« Ces poésies allégoriques en langage suranné, disait-il
« en 1834 dans un rapport adressé aux membres de l'Acadé-
« mie de Rouen, présentent aujourd'hui bien peu d'intérêt,
« cependant vous ne serez peut-être pas fâchés de faire
« connaissance avec un chant royal de Pierre Apvril ou
« (Avril), couronné en 1521. Parmi ceux que j'ai parcou-
« rus, c'est celui qui m'a paru le plus remarquable. Satan
« y est désigné sous l'emblème d'un rusé pêcheur, et la
« ligne palinodiale : *Le beau Daulphin qui ne fut jamais*
« *prins*, fait allusion à la Vierge (1). » En voici le début :

> Ung fin pescheur gectant jadis des rethz
> Dedans la mer pour les gros poissons prendre

(1) *Notice historique sur l'Académie des palinods*, p. 18.

> A son plaisir et les tenir serrez
> Sans eschapper, ne scent jamais comprendre
> Comme il pourroit le beau Daulphin surprendre
> Car, en nageant, il est veu si agile
> Et si fort prompt que aultre poisson fragile
> En le suyvant demeure vain et las
> Tant que du fin pescheur il est surprins
> Mais on ne voit tomber dedans ses lacqz
> *Le beau Daulphin qui ne fut jamais prins.*

Nous placerions volontiers sur le même rang, Andry de la Vigne, Richard Bonne Année, Le Lieur, Thibault, le frere Alexis, Guillaume Tasserie, auquel la moralité sur le triomphe des Normands avait valu tant d'applaudissements, et a côté de ces illustrations locales d'autres illustrations d'une notoriété plus générale : Jean Marot, Clément Marot, Guillaume Cretin « Le bon Cretin au vers équivoqué. »

Ce dernier devait être très apprécié au Palinod, car il est représenté dans le recueil par cinq chants royaulx et une ballade, sans parler d'une action de grâces au prince du Puy, pour le prix qu'il avait remporté.

> La palme prinse en Neustrien forest
> Que au Puy d'honneur l'an passé par arrest
> Cueilly en tiltre, en signe de victoire
> Rendz à la dame ou mon ample espoir est
> Et a vous, Prince, avecque l'interest
> Le restitue au mesme territoire.

Les deux chants royaux de Jean Marot se distinguent

moins par la poésie que par la rigueur des déductions théologiques. Nous trouvons dans la première la strophe suivante, qui paraîtrait s'appliquer plutôt au mystere de l'incarnation qu'à celui de l'Immaculée conception.

Ezechiel en ses beaulx dits et faits
Descript ung temple, en esprit prophetique,
Des bastiments, et comment furent faictz,
Mais, en parlant de la porte authentique,
Dit : Cette porte est close à tout passant
Fors au seigneur d'Israël très puissant
Vous dont seigneurs dites qui pourroit estre
Le beau portail sinon le benoist cloistre,
Corps de Marie en grace tant oultrée
Quel porta Dieu sans ouvrir ne descroistre
La porte close où peché n'eust entrée?

Dans le chant royal qui vient après, la question est serrée de plus près et traitée avec la plus rigoureuse exactitude. Avant de prendre la plume, Jehan Marot s'était évidemment renseigné auprès des docteurs du temps.

Pour traicter paix entre Dieu et nature
Jugée à mort pour son crime et forfaict
Dame Justice esmue par poincture
De charité, voulut vuyder ce faict.
Verité vint qui narra le meffaict
Nature pleure et le serpent accuse
Miséricorde en depriant l'excuse
Dieu prononça qu'il viendroit en la race
Dedans ung corps tout plain de dignité

> Qui porteroit par le moyen de grace
> *L'humanite joincte a Divinité.*
>
> Lors, quant Nature entendit l'ouverture,
> Conclut de faire un chef-d'œuvre parfaict.
> Mais Dieu luy dit : Toute ta geniture
> Se sentira de ton péche infect.
> Or en ce corps ne fault cas imparfaict
>   Dont est besoin que, de ma grace infuse,
>   Soit preservé, neanmoins ne refuse
> Le tien labeur, mais j'entends qu'il se fasse
> Soubz l'action de saincte purité,
> Car aultrement ny pourroit avoir place
> *L'humanité joincte a divinité.*

Puis après d'autres développements où l'on voit figurer le Ciel, la Terre, l'Air, Vénus et Jupiter, le poète, dans l'envoi, conclut ainsi :

> Prince du Puy cette histoire dechasse
> La grand erreur que Faulx Semblant pourchasse
> Contre Marie ou n'eust impurité.
> Ne craignez donc des médisants l'audace
> Qui vont disant qu'en un vil corps s'enchasse
> *L'humanité joincte à Divinité.*

Les deux chants royaux de Jean Marot ont été couronnés, celui de Clément Marot n'a pas eu le même honneur, mais le nom de son auteur lui donnait une telle importance qu'il a été recueilli pieusement dans le volume de Vidoue et dans les diverses collections imprimées et

manuscrites de poésies palinodiques Dans un recueil ma
nuscrit de la Bibliothèque nationale, son texte est même
accompagné d'une splendide miniature dans laquelle l'artiste s'est efforcé de rendre à sa manière l'allégorie ima-
ginée par le poète. Cette composition, sur *la digne couche
ou le Roy reposa*, ne le cède en subtilité à aucune de celles
que nous avons déjà parcourues. Marot n'a pas d'ailleurs
le mérite de l'invention, son chant royal n'étant, à vrai
dire, que la traduction plus ou moins exacte d'une épi-
gramme latine de Maulduict.

Lorsque le Roy par grand désir et cure
Delibera aller vaincre ennemys
Et retyra de leur prison obscure
Ceulx de son ost à grans tourmens submis,
Il envoya ses fourriers en Judée
Prendre logis sur place bien fondée,
Puis commanda tendre en forme facille
Ung pavillon pour exquis domicille
Dedans lequel dresser il proposa
Son lict de camp, nommé en plein concille,
La digne couche ou le Roy reposa.

La strophe suivante est d'autant plus curieuse que le
poète a eu la délicate attention de figurer sur le pavillon
du lit tous les emblèmes de la vierge Marie tels que nous
les trouvons en tête du volume que nous éditons aujour-
d'hui et de beaucoup d'autres livrets relatifs à l'Immaculée Conception

C'estoit l'amye ayant en sa closture
Le jardin clos à tous humains promis
La grand cité des haultz cieulx regardée
Le lyz royal, l'olive collaudée
Avec la tour de David immobile.

Nous ne suivrons pas Clément Marot dans tous les développements de son allégorie, nous nous bornerons à observer que si l'on comprend sans grand effort comment *le Roi et la couche royale* représentent Dieu et la vierge Marie, on ne saisit pas avec la même facilité la similitude que le poète prétend établir entre le pavillon et Anne stérile.

Prince je prends, en mon sens perile,
Le pavillon pour saincte Anne stérile.

Cette subtibilité scholastique, nous le savons déjà, est la marque du temps ; elle n'est pas particulière à Clément Marot.

Dans quelques chants royaux, abandonnant pour un instant toutes ces abstractions, les auteurs célèbrent des événements contemporains se rattachant soit à la croyance de l'Immaculée Conception, soit à l'établissement de l'institution palinodique. Pour nous borner à deux exemples, les chants royaux sur *le Concile de Rome* et sur *la noble cour rendant à tous justice,* sont dans ce cas. Parfois la composition affecte des allures belliqueuses : le poëte y embouche volontiers la trompette et sonnerait au besoin la charge contre les médisants et les hérétiques. Après la la bataille vient la victoire, et c'est ainsi que l'on rencontre dans certains chants royaux des descriptions qui font songer à ces triomphes allégoriques qui signalaient l'entrée des rois ou des gouverneurs de province et que l'on voit encore dérouler leurs splendides cortèges sur les vitres de nos églises. Un chant royal de l'apothicaire Guygnart est curieux sous ce rapport

> Lors ces soudards ont faict sonner tambours
> Tenant leurs fortz qui leur estoient propices,
> Mais ont esté chassez jusques au fortz bourgs
> De leur citez par cruelle justice :
> Dont la pucelle, en triumphant arroy,
> On a posé sur ung pompeux charroy,
> Ayant sur soy une courtine blanche,
> Puis en ses mains a porté une branche ;
> C'est assavoir : palme victorieuse :
> Qui la monstroit, en signe et remembrance,
> *Forte amazone : aux tournoys courageuse*

Pierre Guygnard terminait par cet envoi, dans lequel on peut entrevoir une allusion aux faits du moment :

> Prince Françoys des Françoys roi de France
> Aux chrestiens faicts paix et alliance
> Auxquelz la guerre est dure et dommageuse
> Et même aux Turcqz : lesquels nous font grevance
> *Forte amazone : aux tournoys courageuse.*

Ainsi qu'on peut bien le penser, notre éditeur anonyme n'a eu garde de négliger les poésies composées sui-

D

vant les formules ingénieusement alambiquées en honneur à cette époque. Il ne s'est pas dérobé à cette partie de sa tâche et nous a offert, entre autres, un rondeau *à double couronne*, dont l'auteur M° Nicolle du Puy, a voulu, à l'avance, nous indiquer la perfection en ces termes :

RONDEAU

Ce rondeau, à double couronne,
Est faict à trois couppes planieres
Et si est la sentence bonne
En le lisant en six manieres.
Ainsi sont qui garde leur rang
Six rondeaulx contenus en ung
Et qui les sçait mettre à l'envers
Peult voir douze rondeaulx divers.

On peut juger de ce chef-d'œuvre en se reportant à la page 56 de cette édition. Le moine Alexis en était assez loin dans un rondeau que nous transcrivons ici parce qu'il fut très goûté lors de sa lecture publique sur le Puy, et aussi parce que Pierre Fabri l'a présenté, dans son livre, comme un modèle du genre.

Veuillent ou non, tous mauldicts envieux,
Pucelle suis et demouray pucelle
Et si ma mys le laict en la mamelle
Le plus beau filz qu'on veit oncq de deux yeulx,
Le Dieu d'amour a bien voulu des cieulx
Me venir veoir : tant lui ay semblé belle,
Veuillent ou non tous mauldictz envieulx.

> Il est mon fils, mon pere et Dieu des Dieux
> Sa mère suis, sa fille et son ancelle.
> Oultre je dis que, sur toutes, suys celle
> Que par amour il ayma jamais mieulx,
> *Veuillent ou non : tous mauldits envieulx.*

Nous devons observer que si notre recueil attribue ce rondeau dans son intégrité à frère Guillaume Alexis, prieur de Buzy, Pierre Fabri, en le citant dans son livre, ne reconnaît comme appartenant au religieux que le premier couplet : « Nota, dit-il, que le moine Alexis n'a point « faict ce dernier couplet, mais d'autres en approchant « au plus près ont mis cette clause (1). »

C'est par de pareils tours de force et en se soumettant a des règles prosodiques aussi bizarres que compliquées, que les poètes avaient chance de se concilier les suffrages des juges du Puy. Ils devaient aussi, cela va sans dire, affirmer énergiquement leur adhésion à la croyance en l'immaculée conception, mais leur profession de foi était d'autant plus goûtée que les allégories sur lesquelles ils l'appuyaient étaient plus incompréhensibles.

L'obscurité de quelques-unes de ces énigmes était telle que pour s'y reconnaître, les explications de l'auteur étaient absolument nécessaires. Les vers relatifs au célèbre facteur d'orgues Olzghan nous donnent un curieux spéci men de ce symbolisme déconcertant. Il s'agit d'un motet à trente-six parties, chef d'œuvre exquis du grand musicien, dont le sens mystérieux nous est ainsi devoilé :

(1) *Le grant art de Rhétorique*, 2e partie, p. xxv.

> Le facteur, Dieu nous signifie
> Son motet, dont les partz je nombre,
> Le sacré concept certifie
> Qui grace et vertus eut sans nombre,
> Le noteur et le parchemin
> Figurent Anne et Joachim.

Il nous paraît inutile de poursuivre l'énumération.

Ainsi qu'on peut le voir, les compositions palinodiques, aussi bien les chants royaux français, que les épigrammes latines étaient des exercices de scholastique religieuse tout autant que des exercices littéraires, au fond, il s'agissait moins de développer le goût des vers que d'entre prendre une croisade pour la défense de la croyance chère aux Normands.

> Sus Rouennoys que chacun estudie
> Palinoder et que partout on die
> Les faulx souldartz avoir parolle vaine :
> En soustenant que nostre dame eust paine
> De vil peché et pour toutes replicques,
> Chantez ce dict, en voix doulce et seraine,
> *Sans lésion a passé par les picques.*

L'auteur de notre recueil, à la fin de sa préface, ne s'est pas expliqué moins catégoriquement :

« Plus forte raison nous rend obligez et subietz a def-
« fendre lhonneur et gloire de nostre saincte mere pa-
« tronne et advocate tres glorieuse et sacrée vierge mere
« de dieu Marie : laquelle nous Normans et aultres de

« Neustrie reverons et lui portons honneur : et lavons
« preeslue pour nostre patronne et mere et regente ainsy
« que les aultres nations ont prins particulierement une
« chascune leur patron comme les Romains sainct Pierre
« et sainct Pol : les venicieus sainct Marc · les millannoys
« sainct Ambroise: les françoys sainct Denis . les angloys
« sainct George : les espaignolz sainct Iacques : les bre-
« tons sainct Yves : les manceaulx sainct Iulian : les
« Parisiens saincte Genevielvre et ainsy de aultres.

« Cessent doncques tous noz medisans : et plus ne se-
« ment leurs parolles disant que les normans ont prins
« pour leur patronne : la toute belle mere de dieu a cause
« comme ilz disent quen leur pays de Normandie ilz nont
« aulcun sainct qui soit canonisé. On leur respond deu-
« ment queu lesglise de Rouen metropolitaine de norman
« die ont esté xvij archevesques tous canonisez par les
« papes et sainctz sièges apostoliques. Et en plusieurs
« aultres eglises : tant cathedrales : que abaciales ont este
« semblablement plusieurs de saincte vie celebrez et ca-
« nonisez comme il appert en labbaye de sainct Vuandrille
« au diocese de Rouen : en laquelle ont esté tant abbez
« que religieulx professes : iusques au nombre de xxxij,
« lesquelz sont dignes de perpetuelle memoire comme
« vrays amys de dieu regnant lassus : en limmortelle
« gloire des bien heureulx Ainsy soit il de nous. *Amen.* »

Cette défense des Normands et des saints normands ou
plutôt des *saints du diocèse de Rouen* doit émaner d'un
écrivain rouennais, préoccupé avant tout du bon renom

XXX

de la région à laquelle il appartient, mais cette préface a
le mérite de préciser, à merveille, le but véritable de l'institution palinodique et le caractère des poésies réunies
dans son petit volume par le pieux éditeur. C'est la confirmation des appréciations que nous avons présentées et
ce sera la conclusion de cette introduction.

EUGÈNE DE BEAUREPAIRE.

Dinodz/ Chantz royaulx/
balades/ Rõdeaulx/ et Epigrãmes/
en lhonneur de limmaculee Cõception de
la toute belle mere de dieu Marie (Par rõ=
ne des Nouueaulx) presentez au puy a Rouë
Cõposez par scientifiques personnaiges declairez
par la table cy deffoulz contenue. Imprimez a Paris.

Ilz se Vendent a Paris a lenseigne de lescu plãc
a Rouen deuant sainct Martin/ a la rue du grãd pont
Et a Caen a froide rue a lenseigne sainct Pierre.

honneur et gloire de noz maieurs pe/
res anciens et ancestres nous doibuent
siimuler a obseruer seurs coustumes et
tradutions/et par piteuse reuerēce poin
dre noz cueurs a ses continuer eŋ nostre memoiref,
affin que par aulcuŋ enuieusp ʒ mesdisant ne soit
dict ou faict a lēcōtre de raisoŋ faulcemēt ʒ maul
uaisemēt/ʒ pfere quelque sagaige q̃ soit au desßō
neur ʒ Uitupere diceusp maieurs/q̃ nous ont pre/
cede. Cela nō seuffemēt ne nous doißt douloiret
molester; mais deßuōs daßuātaige de tout nostre
ponoir ses obiectiōs des aduersaires refeller ʒ chaf
ser:affin q̃ no⁹ ne soyōs Ueuz igratz des biēs sesq̃lz
ilz nous ont faictz ʒ quauons par seurs benefices
receupz.

En ceste maniere no⁹ lisons eŋ sescripture saincte,
que quāt ses anciēs Ueoyēt aulcune chose tourner
au desßōneur de dieu:p amour ʒ grād zelse ilz rō/
poiēt seurs Uestemēs; Uoulās dōner a entēdre seur
unpatiēte tristesse;p laq̃lse il souffroiēt se cōtume
kreup desʒonneur estre faict au seruice du createur
et pere de tous hōmes mortesz . Ainsy q̃ Uorā roy
Dssrael iseq̃l quāt il entendit q̃ se roy de Sitie luy
auoit enuoye sūg de ces setuiteurs:cestassauoir Na
mā se sepreup; affin q̃l se garist de sa maladie frols
sa et rompit ses Uestemens; et dist . Ue ne suis pas

dieu qui puiſſe tuer et ßiuifier: et ce roy menuoye
ſon ßaſſal pour eſtre gary de ſa ſepie. Æt leueſque
Cayphe ſemblablemēt meiſt ſon rocher en pieces
quant il ouyt dire que noſtre ſaulueur ßeſuſcßziſt
ßiendroit ßne foys es nues du ciel en ſa puiſſance
et grāde maueſte: et qui eſteit filz de dieu: et en rō⸗
pant ſonßit ßeſtement ſe retita de la chaire epiſco⸗
paſſe: car il penſoit que ßeſus noſtre reßempteur
auoit contumelieuſement blaſpßeme a lencontre
de lßonneur diuin.

℟Æn ceſte maniere faict ßol et faict ßarnaße ſe
ßoyans eſtimer dieux immoztelz par le peuple du
pays de Lycaonie: et que les ſactifices et daultres
ßonneurs leur eſtoient dōnez et offers ſelon la cou
ſtume des payens qui eſtoit ſaulſe.
℟oult leur deſpleut ceſſe ſuperſticieuſe ßanite: tel
lement quilz en froiſſerent par douleur et moleſte
leurs ßeſtemens et ßabitz: ainſy quil eſt eſcript au
liure des actes des apoſtres

℟Plus forte raiſon nous renß oßligez et ſußiectz
a deffendze lßonneur et gloire de noſtre ſaincte me
re patrōne et aßuocate tregloueuſe et ſacree ßier⸗
ge mere de dieu ℟arie: laquelle nous ßormans et
aultres du pays de neuſtrie reuerōs ñ luy poztons

honneur: et ſauons preceſſue pour noſtre patronne
et mere ‡ regete ainſy que les aultres nations ont
prinſeptiaſicmēt Vne chaſcune ſeur patrō:cōme leſ
Romaiſ ſaict Pierre ‡ ſaict Pol:les Veniciēs ſaict
Marc : leſ milſanoys ſaict Ambroiſe:leſ frācoys
ſaict Denis:les angloys ſainct George: leſ eſpai
gnolz ſ..ict Jaqs: les bretōs ſainct yues: ſee man
ceaulx ſainct Julian:les Pariſiens ſaincte Gene
uiefue/et ainſy des aultres.
¶ Ceſſent doncques tous noz meſdiſans: et plus
ne ſement ſeurs parolles diſant que les normans
ont prins pour ſeur patronne : ſa toute belle mere de dieu a cauſe cōme ilz diſēt quē ſeur pays de
Normādie ilz nōt aulcū ſainct q̃ ſoit canoniſe. On
ſeur reſpōd deumēt quē ſegliſe de Rouē metropo
ſitaine de normādie ont eſte . xvii. archeueſqs to9
canoniſez p les papes ‡ ſaictz ſieges apoſtoliques.
Et en pluſieurs aultres egliſes:tāt cathedraſes:q̃
abaciaſes ont eſte ſēbſablemēt pluſieurs de ſaicte
Vie ceſebrez ‡ canoniſez cōe il appt en ſabaye d̃ ſaict
Huandriſſe au diocese de Rouen : en ſaqſle ont eſte
tant abbez q̃ religieulx pfes: iuſques au nōbre de
xxxvi. ſeſquelz ſont dignes de ppetueſle memoire
comme vrays amys de dieu regnāt ſaſſus: en lim
morteſſe gſoire des bienheureulx. Ainſy ſoit il de
nous. Amen.

℧ Sensuyt la table ⁊ repertoire de ceulx q̃ ont faict ⁊
cõpose aulcũs passinodz en forme de chãtz royaulx/
ballades/et rondeaulx/a lhonneur de sinmaculee con
ception de sa glorieuse Vierge sacree Marie. Ensem⸗
ble plusieurs epigrammes en satin/presentez au puy a
Rouen.

℧ Premierement.

Chant royal.(A).Andry de la Bigne.

Ut est celluy tressouueraine mere
Doulce piteuse aux humains non amere
Qui bien pourroit Voltre solennite
Priser souer Beu questes tresoriere
De grace infuse et la seulle aulmosniere
Du hault tresor de la diuinite
Et qui plus est toute la trinite
Lors assistant au diuin consistoire
Parquet celeste et diuin auditoire
Bous Boulut bien donner tãt de louëge
De bruyt requis: de triumphe notoire
Quon Vo⁹ nõmast p raison perẽptoire
Royne des cieulx : princesse des anges.

C Dieu Bous esleut et preesleut entiere
Sãs Vice aulcun pour tenir la frõtiere
Du tabernacle et lieu de sainctete
Diffuse grace est en Vous droicturiere
Bouche excellẽte aux pecheurs familie
Par le decret de haulte eternite   (re
Et daduantaige a nostre eternite
Feist lunion q̃ homme doibt mescroyre
Lors q̃ a Bous Vint en secret oratoire
Le paranymphe et le chief des archanges
Bous redoublant et mettant en memoire
Quon Bous nommoit sans plus grand accessoire
Royne des cieulx: princesse des anges.

C Donc estes Bous en richesse planiere
Biergesacree:et mere singuliere

Digne a louer par Voſtre auctorite
Et quainſy ſoit du ſoleil ſa lumiere
Sõ luſtre exquis/ ſa naiſſãce premiere
A prins de Vous et par humilite
La fille eut filz/ pere eut maternite
Par ce moyen eɳ royal poſſeſſoire
On pouoit Veoir ſoubz Vng ſeul reptore
Filz/pere/mere et fille eɳ cas eſtranges
Quant a nature o quel preparatoire
Pour Vo˙ eſcripre eɳ imortelle hyſtoire
Royne def cieulx princeſſe des anges.

Ⅽ Ⅽe que les cieulx p aulcune maniere
Les elemens en forme reguliere
Nont ſceu comprendre a dire Verite
Ce que nature a former couſtumiere
Ⅽant ſoit habille ꞇ ſouueraine ouuriere
Faire na ſceu par ſa ſubtilite
Voſtre gyron Vierge de purite
A retenu ſoubz ſon reconditoire
Dont prononce fut larreſt fruſtratoire/
Du gerre humain aux plutoniꝗ ſeges
Parquoy ſẽſuyt quen oeuure meritoire
Fuſtes/ ſeres, cõme chaſcũ doibt croyre
Royne des cieulx: princeſſe des anges.

Ⅽ Ⅽe createur damour particuliere
Ains quil formaſt la maſſe ſeculiere
Soubz la ſplendeur de ſon infinite
Seulle Vous feiſt la premiere et derniere
Pure en concept pour eſtre perſonniere

De sa clemence et de sa deite
Si ne Vous a sinfaict Vent agitte
De Vanite/ne de soz tranfitoire
Car en Vo⁹ print son sait reclamatoire
Auy pzeiudice/auy pertes et couftages
De lucifer donc auez soffertoire
De pfenitude du hault repofitoire
Royne des cieufy/pzinceffe des anges.

        Renuoy.
℄ Pzice pourtãt quē ce cõbat territoire
Euftes sur Vice eycellente Victoire
Pzeēfãt feift auy limbes les Vuydãges
Des peres fainctz qui en son inuentoire
Eftoiēt ifcriptz dõt Vous eftes en gfoire
Royne des cieufy:pzinceffe des anges.

        (H).Andzy de la Vigne.
        Chant royaf.

Altitonont fupzeme pfafmateur
Monarque ᾳ chief en fart de architecture
Auant quil fut des fecfes foznateur
feift Vng pourtraict de nouuefle ftzucture
Pour reparer foffence et fourfaicture
Du pere Adam/et foz la trinite
Pzeozdonna ca bas Vng edifice
Ou decreta le fifz en deite
p defbier en sa fofennite
Cempfe conftruict/par diuin artifice.

℄ Le paracfit de foeuure conducteur
Cef fondement y affit et cfofture
Que fe mafing serpent faufy feducteur

                              a.

Ne sceut iamais congnoistre fracture
De droict compas et iuste quadrature
Fut erige en telle summite
Que se renom:richesse:et dignite
Du temple ou feist Salomon sacrifice
Moult exceda lors sacree Vnite
De dieu et homme eust en sublimite
Temple construict par diuin artifice.

℃ Dor pur et net se portail/nef/et cueur
Murs:pauement:pissiers:et couuerture
Furent bastis du magnifique aucteur
Ouurant sus tous a santique sculpture
Tresbien gardant perspectiue paincture
Au tour du cueur paignant humilite
Foy:esperance:auecques charite
Et en la nef attrempance iustice
Prudence et force:au surplus Verite
Pour tistre mist lescript dauctorite
Temple construit par diuin artifice

℃ Si plaisant fut ce temple au createur
Quen suy Voulut se faire creature
Lest se saict corps ou nostre redempteur
Fut incarne et print sa nourriture
Lest sa sacree et digne genitrice
De Anne conceue au terme simite
Dont le concept en toute immunite
Dieu preserua de crime et malefice
Originel aussy diminunite
Auoit esseu pour prendre humanite

Temple construict par diuin artifice.

℃ Maint chiche ouurier du temple detracteur
A Voulu runger sus la loy de nature
Trop arrogant se monstre de estre acteur
Sus faulx rapport derronce escripture
De deite entrant sans ouuerture
Au corps Marie auecq Virginite
Peust concorder non de maternite
Esse a bien peu luy donner Benefice
De necte part q saine integrite
Et sa former sans quesque obscurite
Temple construict par diuin artifice.

℃ Prince pour mieulx dempter sausterite
Des mesdisans/q leur prosperite
Faictes chanter quant on dira soffice
Quen son concept sa Vierge a merite
Estre nommee en toute purite
Temple construict:par diuin artifice.

℃ Sur se deffault de Eue nostre grãt mere
Les peres sainctz tenuz captifz en chartre
Longneurent reigse en sa diuine chartre
Escripte auant principes de grammaire.
Chant royal.
Pres fonder Vniuerselle estude
Le principal regent et directeur
Des facultez ayant sollicitude
Acte exercer de souuerain recteur
A ordonne au couuent et chappesse

De ce beau mont que du carme on appelle
Hommes scauans fondez en charite
Pour eyaulcer dentiere Verite
Certaine reigle auy escolles trouuee
Escript ainsy/quelle a bien merite
Reigle infaillible en tous cas approuuee

C En preferant la haulte magnitude
De Theologie ou maint deuot docteur
Secretz diuins/ traicte soubz lhabitude
De ce premier escripuant et aucteur
La faculte commcct a ce que eypelle
Erreur au loing et disciples compelle
De leurs escriptz iccter austerite
Et que Vng lisant allegue auctorite
Ioincte et Vnye a raison bien prouuee
En eypofant par fingularite
Reigle infaillible en tous cas approuuee
La reigle entendz.ɛc.
Acefte reigle.ɛc.
La reigle entendz.ɛc.
Prince tous actz.ɛc.
            Cretin.

        Les graces de Cretin.

C Le Cretin rend grace a celle
Mere de dieu fille et ancelle
Et a lhonnefte prince auffi
Qui tenant le pup print foucy
Luy faire honneur que ores ne celle.

A palme prinse en neustrie forest
Que au puy dhonneur lan passe par arrest
Cueilly en tistre en signe de Victoire
Rendz a la dame ou mon amp̃le espoir est
Et a Vous prince auecque linterest
Ce restitue/au mesme territoire
 Si ne suys digne entreouurir lescriptoire
Pour graces rendre a effect meritoire
Veu mon esprit qui rude comparest
A elle/Vous ꝗ seigneurs du pretoire
Supply auoir ce petit repertoire
A gre deyxcuze:ainsi comme apparest.

Chant royal.

Uest de besoing auy thomistes apprẽdre
Lecon sans fruict:de bonne Vtilite
Quest necessaire a scotistes comprendre꜡
Trop presumer grande subtillite
Mais ꝗ ont affaire orateurs par iactance
Supure en leurs dictz/Cicero ou Lactance
Nesperent pryx du prince recepuoir
Fors en tenant que au diuin prescauoir
A lheure ꝗ temps/prouidence eternelle
Marie esseust/pour Vie expresse auoir
Sans blasme aulcun:de coulpe originelle.

 Ung crediteur peust du tout quicte rendre
Son redeuable/ et liberalite
Luy eslargir a ce mot tout comprendre
Tout terme enclost de generalite
Dieu qui bien peust rigle de nonobstance
Toute quicter/si en briefue distance

Pouoit fa Vierge apres fon concepuoir
Rendre affranchie ay ie en mon decepuoir
Dire que auant eut pouoir mettre en effe
Signe approuue/et quicte fa preuoir
Sans bfafine aufcun de coufpe origineffe.

C Decepuoir/non/Mais quant au fourd mefprendre
De Adam premier poure debifite
A fautre Adam/fut decent charge prendre
Le rendre quicte et reabifite
Luy doncq Venant/du tef faiz dimportance
Purger humains/deubt humaine fubftance
Prendre en Vaiffeau/meiffeur que exquis auoir
Trefpur et nect/quif feift ceftaffauoir
Sa mere Vierge/ou grace fuperneffe
Signa facquit du naturef debuoir
Sans bfafine aufcun de coufpe origineffe.

C Nuf obfige iamais fceuft fa furprendre
Tant criminef que fa ciuifite
Dung feuf deffauft/on ne fa peuft reprendre
Et ne fut oncq fubiecte a Vifite
Exaction ne obtint fon accointance
Raifon/effe euft generaffe quictance
Auant fa debte/on peuft apperceuoir
Que a iufte droict deubt prendre et percepuoir
Lexemption de rente paterneffe
Pource conclud3 foubftenir fe debuoir
Sans bfafine aufcun de coufpe origineffe.

C Se feu damour Vers nous fe peuft efprendre

Seruons Marie en Vraye humilite
En la seruant ne pourrons plus mesprendre
Veu que si bien a pour nous mislte
Au reste ayons ferme foy et confiance
A ce constant concile et constance
Leglise faict delle ramenteuoir
Miracles grandz/cest bien pour esmouuoir
Cueurs enuieulx pleins derreur criminesse
Croyre que dieu la feist comme eust pouoir
Sans blasme aulcun de coulpe originesse

       Renuoy.

C Prince querant Vers celle se pourucoir
Qui faict roulee en la terre plouuoir
Oheureuse paix/sa saincte et solennesse
Conception/doibt publier pour Voir
Sans blasme aulcun de coulpe originesse.

          Par Cretin.

     Chant royal.

Extreme dueil de noire couuerture
Jadis hnmains contristez feist renger
Hors esperer le moyen que ouuerture
Oheureuse paix/sceust la guerre estranger
Apres leycez du terrestre Verger
Ou appetit de gloire ambitieuse
Oza toucher larbre delicieuse
Pour essargir le supernaturel
Don de pitie: siurant doulces propines
Amour promist mettre au Val temporel
La sseur de lis prescruce entre espines.

C Loing differa la promesse future
Ains que le bien publicque soulaiger

Hayneux de paix/par griefue foɪfaicture
De oppɪeſſions le firent affliger
Quoy plus? Erreur pɪeſumant coɪriger
Texte appɪouue/Brain de pernicieuſe
Opinion/trop ſuperſticieuſe
Emprint ſemer/loɪs deyploict actuel
Manifeſta ſes cauteſſes vulpines
Cupdant greuer par oultraige cruel
La fleur de liz: pɪeſerue entre eſpines.

℄ Se nous faiſons du ſainct eſpɪit lecture
Le liz de champt cognoiſtrons de liger
Sans labourer pɪenans leur nourriture
Plus que aultres fleurs eɳ croiſſant eriger
A quel pɪopos cauſe tant eyiger
Inuentioɳ caulte ⁊ ſedicieuſe
Eyaction de vmbɪe contentieuſe
Le douly miel peult tourner eɳ fiel
Crapauly enflez trop vſez de rapines
veu queſtre doibt: par doɳ celeſtiel
La fleur de liz: pɪeſeruee entre eſpines

℄ Eɳ tige ⁊ fleur noɳ par agriculture
verdure oudeur/⁊ couleur ſans changer
Porte le liz/⁊ peult de ſa nature
Des cueurs afflictz/les douleurs alleger
De ceſte fleur: entendz pour abɪeger
La fleur des fleurs ſur toutes ſpecieuſe
Pour ſes feruantz a touſiours curieuſe
Bɪace imploɪer vers le roy ſupernel
Qui leyempta deſpines pɪoſerpines

Elle triumphe au royaulme eternel
La fleur de lyz preferuee entre efpines.

C Comme eft le liz defpineufe poincture
Enuyronne fans nature efchanger
Auffy Marie eft entre fa clofture
Des filles/non/afferuye au danger.
Ou foy commune entend fes obliger
Subiectes font/a coulpe vicieufe
Mais elle obtint grace ample ⁊ fpacieufe
De fon efpouy/⁊ gracieufy aignel
Leffez derrer/o fangues ferpentines
Car tache neuft de vice originel
La fleur de liz preferuee entre efpines.
                    Renuoy.
C Prince du puy ceft fa fleur precieufe
La toute belle honnefte ⁊ gracieufe
Ou print plaifir le fainct Emmanuel
Doncqs oultre mers/⁊ marches tranfalpines
Mandez feruir par tribut annuel
La fleur de liz preferuee entre efpines.
                    M.G.Cretin.

Chant royal.

Pres fonder Vniuerfelle eftude
Le principal regent/ceft directeur
Des facultes ayant follicitude
Acte eyercer/de fouuerain recteur
A ordonne au conuent et chappelle
De ce beau mont que du carme on appelle

6

Hommes scauans fondez en charite
Pour exaulcer denticre Verite
Certaine reigle aux escolles trouuee
Escript ainsi quelle a bien merite
Rigle infallible en tous cas approuuee

℃ En preferant la haulte magnitude
De theologie eut maint deuot docteur
Secretz diuins traicte soubz habitude
De ce premier escriuant ℟ aucteur
La faculte commet a ce que expelle
Erreur au loing/℟ disciples compelle
De leurs escriptz gecter auctorite
Et que Vng lisant allegue austerite
Joincte et Vnie a raison bien prouuee
En exposant par singularite
Rigle infaillible en tous cas approuuee

℃ La rigle en droict tient bonne certitude
Sur le proces du preuaricateur
Du droict diuin loblige en rectitude
Serf pour le fruict dont fut Vsurpateur.
Le droict ciuil se Voyant si rebelle
Le repudie en forme de libelle
Et droict canon par sa temerite
Le rend de Vie ℟ biens desherite
Si nest du tout sa grace reprouuee
Car pour luy faict ℟ sa posterite
Rigle infallible en tous cas approuuee

℃ A ceste rigle afferment Valitude

Vrais medecins le maling seducteur
Nul signe y vid dancienne egritude
Dont le premier parent fust producteur
Rigle commune au tribut de gabelle
Ne lasseruit car saine et toute belle
Sans tache auoir de ville obscurite
Faicte et formee en pure integrite
Par main douurier fut a temps reseruce
Pour estre veue en necte purite
Rigle infallible en tous cas approuuce

¶ La rigle entendz Marie en plenitude
De toute grace au gre du createur
Delle contemple en sa beatitude
Maint philosophe elegant orateur
Disant que cest la simple columbe
Qui le serpent plutonique debelle
Cest ceste rigle ou sa diuinite
Limpression forme dhumanite
Celle en concept de vice preseruce
Celle que esseut la saincte trinite
Rigle infallible en tous cas approuuee

Renuoy.

¶ Prince tous artz tiennent comme vnite
Dopinion rigle en communique
Pouoir faillir/mais ceste cy grauce
En table dor/est par eternite
Rigle infallible en tous cas approuuee
                              G.B.Cretin.

Chant royal.

Pres que dieu eust les haultz cielz parfaitz
Pour les emplir fit nature angelicque
Dont lucifer fut entre les parfaictz
Hault esleue en honneur magnificque
Et neantmoins que dieu tout congnoissant
En fut facteur/peche en fut yssant
Quant presuma pareil estre a son maistre
Dont sy peche en paradis print estre
Par ceste faulte enuers Dieu perpetree
Pour lors nestoit a ce que puis congnoistre
La porte close ou peche neust entree.

C Angelz tombez par leurs maulditz effectz
Le plasmateur par pouoir deificque
Adam et Eue a son ymage a faictz
Purs innocens parquoy peche inique
Les Voir tant beaulx fut triste et desplaisant
Et de lorgueil qui tant luy fut nuysant
Tant les prescha que se mal Vont commettre
A double mort eust pouoir de submettre
Eulx leurs enfans grace en fut sequestree
Fors Vne Vierge escripte en saincte lettre
La porte close ou peche neust entree.

C Vela comment humains furent deffaictz
Par le peche Dadam leur pere antique
Mais se temps Vient quilz seront tous refaictz
Misericorde ouurira sa boutique
Cest ce beau iour aux pecheurs tresdoubtant

De faint concept de la Vierge plaifant
Du dieu voulut tous fes trefors tranfmettre
Dieu auoir lieu pechê vint fentremettre
Grace diuine a fors a rencontree
Qui deffendit a fa puiffante dextre
La porte clofe ou peche neuft entree.

C Ezechiel en fes beaulx ditz a faitz
Defcript vng temple en efprit prophetique
Des baftimentz a comment furent faictz
Mais en parlant de la porte autentique
Dit cefte porte eft clofe a tout paffant
Fors au feigneur Difrael trefpuiffant
vous dont feigneurs ditez qui pourroit eftre
Le beau portail finon le benoift cloiftre
Corpz de Marie en grace tant oultree
Quel porta dieu fans ouurir ne defcroiftre.
La porte clofe ou peche neuft entree.

C Les fondementz ne furent imparfaictz
Mais fi bien faitz que fa grand fabrique
De ce fainct temple ont fouftenu fes faitz
Sans efbranfer marbre porphire ou brique
Qui eft figure a vng chafcun lifant
Que dieu voulut eftre bien adupfant
Au fainct concept de fa Vierge a dy mettre
Toutes vertus fans vne feuffe obmettre.
Car ains fes cieulx fauoit enregiftree
Mere a fon filz qui fa trouua au maiftre
La porte clofe ou peche neuft entree.
                    Renuoy.

C Prince tu as faict ta mere apparoistre
Digne trop plus que paradis terrestre
Anges ne cieulx/car tu fas demonstree
En son côcept pour plus ta gloire accroistre
La porte close ou pecche neust entree
　　　　Par maistre Jehan Marot.

　　　Chant royal.
Pour traicter paix entre dieu ꝫ nature
Jugee a mort pour son crime ꝫ forfaict
Dame iustice esmue par poincture
De charite voulut vuyder ce faict
Verite vint qui narra le meffaict
Nature pleure ꝫ le serpent accuse
Misericorde en depriant sexcuse
Dieu prondcea quil viêdroit en sa race
Dadã vng corps tout plain de dignite
Qui porteroit par le moyen de grace
L'humanite ioincte a diuinite

Lors quant nature entêdit souuerture
Cõclud ᵭ faire vng chef doeuure pfait
Mais dieu luy dist/toute ta geniture
Se sentira de ton pecche infect
Or en ce corps ne fault cas imparfaict
Dont est besoing que de ma grace infuse
Soit preserue neantmoins ne refuse
Le tien labeur/mais ientendz quil se face
Soubz laction de saincte purite
Car autrement ny pourroit auoir place
L'humanite ioincte a diuinite.

CNature adonc dune Vierge trespure
Forma le corps de tous biens satiffaict
Car le soleil qui chasse nupct obscure
Lorganisa de clarte tout reffaict
Ciel/terre/τ lair nont pas air putrefaict
Ont assiste Venus en fut excluse
Puis Juppiter ya sa grace incluse
Par vng aspect de begniuosse face
Dessoubz Virgo signe damenite
Sachant que sa seroit en briefue espace
Lhumanite ioincte a diuinite

CLe corps forme / Vindrent en sa closture
Toutes Vertus τ logis y ont faict
Dont le facteur contemplant sa facture
Damour espris/no⁹ fist vng hault biēfaict
Cest que par paix tout discord a deffaict
Lors Verite sans cautesse ne ruse
A baise paix qui rancune a forcluse
Et a linstant vne asyance brasse
Du filz de dieu second en trinite
Auec Marie affin quen son embrasse
Lhumanite ioincte a diuinite

CAu iour prefix la diuine escripture
De Verite leffect entier attraict
Car le filz dieu prent humaine Vesture
En lieu loingtain de Vicieux attraict
Cōe au myrrouer entre lhumain pourtrait
Sans fraction/auec grace diffuse
Entra Jesus nature sen recuse

Croyre ne peult que telle acte on parface
Sans auoir delle aucune affinite
Mais sans son sceu fut par hault efficace
Lhumanite ioincte a diuinite.

Renuoy.

¶ Prince du puy ceste hystoire dechasse
La grand erreur qui faulx semblant pourchasse
Contre Marie ou neust impurite
Ne craignez donc des medisantz laudace.
Qui vont disant/quen vng vil corps senchasse
Lhumanite ioincte a diuinite.

M. J. Marot.

Chant royal. N. Rauenier
Ludouico daret preside.

POur reparer loffence & la ruyne
Que fist Adam en lieu damenite
Dieu preesleut vne vierge benigne
La preuoyant en son eternite
Sacraire sainct vierge en maternite
Et impartit en sa conception
Tant de graces & de perfection
En reprimant la coulpe originelle
Que par vertu de diuin benefice.
Elle est tousiours en pensee eternelle
Vaisseau esleu preserue de tout vice.

¶ Anne conceupt en louenge condigne
Ceste vierge pleine dhumilite
Dont le concept tresprecieulx & digne
Fut pur & nect sans quelque visite

Et dieu mesmes par liberalite
Confundant mozt τ malediction
Nous ottroya sa benediction
Et nous donna vie sempiternelle
Pzeozdonnant elle sa genitrice
Pour son palais τ châmbze maternelle
vaisseau esleu pzeserue de tout vice.

¶ Eue τ Adam par la voix serpentine
Furent cause de nostre aduersite
Mais pour môstrer par plus cuidêt signe
Que delle vient nostre felicite
En son palais τ tressaincte cite
Se commenca nostre redemption
Par son concept donc devemption
Car eu deuant que ladicte pucelle
Peut recepuoir le saulueur trespzopice
Il conuenoit quelle fust necte ancelle
vaisseau esleu pzeserue de tout vice.

¶ Combien aussi que par sa foy diuine
Tous sont conceupz en vile iniquite
Le nonobstant dieu qui tous illumine
Fist le concept remply de dignite
Et sa mere fleur de virginite
Sans y souffrir quelque pollution
Car par decret τ legal sanuion
Que tient par foy leglise vniuerselle
La vierge fust par diuin artifice
Dessus sa loy τ la rigueur dicelle
vaisseau esleu pzeserue de tout vice

6.

Ceste dame de dieu mere ꝗ affine
En qui refupt ardante charite
Triumphe donc en gloire qui ne fine
Ayant es cieulx royalle auctorite
Et veu fon corps aourne de purite
Lequel ne peult fentir corruption
Mais fut le iour de fon affumption
Glorifie apres mort temporelle
Il fenfupt bien quen premiere iuftice
Se foit trouue oultre fop naturelle
Vaiffeau efleu preferue de tout Vice.
   Renuop.
C Prince du puy le temptateur rebelle
Sur cefte fleur fi pure columbelle
Na peu mettre quelque mortel obice
Pource quelle eft fur toutes autres belle
Vaiffeau efleu preferue de tout Vice.

C Lhãt royal ou Vieilleffe humaine
 Tiẽt vng bafton qui droict la maine
 En lup donnant force ꝗ Vertu
 Dont le chien denfer eft baftu.

E bon Jacob fuyant Vice mondain
Left Efau: difoit en gemiffant
Or ap paffe dieu mercy ce iourdain
En mappuyant en mon bafton puiffant
Qui fignifie en fens aduertiffant
La faincte dame ꝗ Vierge immaculee
Dont pour paffer cefte obfcure Vallee
Ou court le fleuue et mere diniquite

Chascun passant en misere q tristesse
Doit desirer pour viure en equite
Le droit baston rendant force a vieillesse

Vieillesse humaine or se prens en ta main
Pour battre fort cerberus chien mordant
Ouurant la gueulle a mordre peuple humain
Pour se plonger a phlegeton ardant
Duquel sortit le serpent discordant
Par qui fut Eue a plaisir stimulee
De mordre au fruict puis apres eyulee
De paradis:dont sa necessite
De ta langueur q debise feblesse
Requiert auoir en temps daduersite
Le droit baston rendant force a vieillesse.

Feble vieillesse en couraige haultain
Dit/o Jacob/ce baston florissant
Desire auoir pour en cas incertain
Me soustenir ame q corps languissant
Sec sans rousee il est rauerdissant
En fleur q fruit dont ie suis consolee
Et ma feblesse en langueur desolee
Reprent vigueur puis quen securite
Lestroit sentier de salut il adresse
Et quil se monstre en lieu dobscurite
Le droit baston rendant force a vieillesse

Le baston sec de fracture loingtain
Te doibt conduyre en ce monde passant
Et pour ta grace et ton espoir certain

Cassa le chef du noir chien rauyssant
Pas nest de larbre ou du pommier yssant
Ou le serpent soubz saintise celee
Eue deceupt/parquoy fust compellee
Viure en misere ꝗ en calamite
Jusques au têps que soubz haulte promesse
Esse tiendroit pour son infirmite
Le droit baston rendaut force a Vieillesse

℄ De ce baston qui rend feble comme fain
Leglise a faict Vng consolatif chant
Dont fausce erreur se laboure en Vain
Pour se dosser de son cousteau trenchant
Il est sans neudz daucun Vice empeschant
Et sans lescorce en lhumain feu bruslee
Par ce baston sa force est adnullee
Noir chien denfer ton aspre hostilite
Par les grandz coupz de ce fort baston cesse
Que iay nomme pour ma debilite
Le droit baston rendant force a Vieillesse

Renuoy.
℄ Prince qui scais nostre fragilite
Presente au roy pour garder sa noblesse
En gloire soz paix ꝗ transquilite
Le droit baston rendant force a Vieillesse

Par Don Nicole Lescarre.

℃ Dauid monstre que in cathedra
Pestilentie noŋ sedit
La Vierge que chascuŋ tiendra
Sans peche par celeste edit.

Air putrefaict mortel ꝗ Veneneuy
Grand menupsier de amere pestilence
fist de mort boys prins eŋ lieu espineuy
Une orde chaire / ou par maliuolece
Faisoit asseoir eŋ aspre Violence
Eŋ triste pleur eŋ mortel Vitupere
Tous les enfans de nostre premier pere
Mais doŋ celeste eŋ Voulut preseruer
Celle qui fust eŋ Vertu manifeste
Le Vray moyeŋ de tous humains saufuer,
Sans estre assise eŋ sa chaire de peste.

℃ Transgressioŋ mere des crimineuy
Contre sa Vierge allegant resistence
Dit quel prendroit ministres ruyneuy
Pour sa contraindre y tenir assistence
Ministres sont eŋ Vulgaire sentence
Famine/faiŋ/fruict/froid/freeur qui supere
Timide cueur par lesquelz impropere
Faire luy Veult ꝗ par leur loy prouuer
Que ceste dame ou sadioinct doŋ celeste
Ne se doit pas auec humains trouuer
Sans estre assise eŋ sa chaire de peste

℃ Celeste doŋ auy motz litigieuy
Prealleguez respondit pour deffence

Que lair infect ⁊ mal contagieux
Naiz entre humains/ceste dame ne offece
Pár Eue femme elle na commis offence
Fain la beaulte delle ne Vitupere
Fruict deffendu ne print par la Vipere
Froid Viticux ne la peult oncq priuer
De feu diuin:freeur ne la moleste
Car en constance el se Vint approuuer
Sans estre assise en la chaire de peste

℄Pharisiens ⁊ scribes enuieulx
Jetedz docteurs plais de faulce apparece
En chaire ont dit par sermons enuieux
Quen lautre chaire elle doit comparece:
En allegant trouuer equiparance
Entre elle ⁊ nos gouuernez soubz la sphere
Lair corrumpu/mais dieu qui tout tepere
Fist choir leur chaire ⁊ du tout reprouuer
Leurs faulx sermons qui contene ⁊ deteste
Pour son ancelle en triumphe esleuer
Sans estre assise en la chaire de peste

℄ Ainsi la dame et princesse des cieulx
Sa triumphante ⁊ noble residence
Tiet sans macule excedat humais lieux
En chaire ou grace estoit par prouidence
Dont anciens prophetes de credence
Monstrent que dieu sur loy humaine opere
En ceste dame out tout honneur prospere
Transgression ne la peust oncq greuer
Par lord Venin du mal qui nous infeste

Car en sancte nous vint tous releuer
Sans estre assise en la chaire de peste.

Renuoy.

C Prince des cieulx faict la pitie grauer
Sur ta cite sans son mal aggrauer
Et te seruir de cueur deuot proteste
Affin quelle vint en este et yuer
Sans estre assise en la chaire de peste.

C Dom Nicole lescarre.

C Chant royal dung desert sacre
Que dieu pour luy a consacre
Et preserue de vice immunde
Qui regne au desert de ce monde

Pinguescent speciosa deserti

Aptiste sainct de dieu herault disert
Ta forte voix peust par tout annoncer
Que le hault verbe en vng sacre desert
Se sainct humain sans es cieulx renoncer
Pour paix & grace en terre pronuncer
Aux gens qui sont de bonte voluntaire
Car le fort vent de ce lieu salutaire
vient euertir la dure mansion
De aspre discord & de fureur bellique
Pour exalter en haulte mansion
Le sainct desert plain de manne angelique

℃Secte enuieuse ou mainte iniure appert
Jamais ny voit par vent rompꝛe ꝗ casser
℃enfle roseau du pecḫe qui nous perd
℃ar eꞃ plaiꞃ cours dieu y faict surpasser
Fleuues de grace a noz mauly effacer
Qui pꝛennent source eꞃ sa pierre angulaire
Pour abꝛeuuer cḫꝛestiaꞃ populaire
℃uy muant seau de contradictioꞃ
Eꞃ large estang deau doulce ꝗ pacifique
Qui magnifie eꞃ benedictioꞃ
℃e sainct desert plaiꞃ de manne angelique

℃Dieu du ciel manne y a plu ꝗ offert
Pour nostre faiꞃ du tout recompenser
℃oncupiscence entrer ny a souffert
Pour aucuꞃ vice ꝗ pecḫe y penser
℃ost israel ny peult dieu offencer
Eꞃ sa murmure il nest point tributaire
℃e boꞃ moyse affecte secretaire
De dieu ny faict de ses loiy fractioꞃ
ꝟeau doꝛ senfle ny cause erreur inique
Parquoy blasmer ne peult detractioꞃ
℃e sainct desert plaiꞃ de manne angelique

℃Nous au desert de misere couuert
Moꝛdz dung serpent sommes par transgresser
Mais ung sans moꝛdꝛe nous a tous recouuert
Au desert sainct pour salut radꝛesser
Grace a tant faict ce desert engresser
Que a soeil diuiꞃ pour nous debuoir complaire,
Si ung triste cueur se voit a dieu desplaire

Benẏeure nẏ ſent de conſolation
Du print repos helẏe homme pudique
Qui deſiroit eṇ tribulation
Le ſainct deſert plaiṇ de manne angelique.

C Eṇ ce ſainct lieu qui gloire ꞇ loz deſert
Pharaoṇ roẏ ṇe pourroit pourchaſſer
Le peuple ſainct qui enuers dieu ẏ ſert
(Tant quil eṇ Beult la priere cẏaulcer
Se ſont Bertus ꞇ bienffaictz ſans ceſſer
Qui font pour nous ſacrifice ordinaire
Aaroṇ ſainct prebſtre eṇ ardant luminaire
ẏ offre ꞇ rend ſa ſaincte oblation
Deuotioṇ ſeur de foẏ catholique
ẏ Bole ꞇ tient par contemplation
Le ſainct deſert plaiṇ de manne angelique.
            Renuoẏ.
C Prince amateur du deſert ſolitaire
Sathaṇ le noir ꞇ cornu ſagitaire
Souffler nẏ peult Bent de temptation
Car il eſtainct ſoṇ regard baſilique
Dont tout pur Beoit ta meditation
Le ſainct deſert plaiṇ de manne angelique.
            Doṇ Nicolle Leſcarre.

        C Chant royal.

E filz de amos rempli de prophetie
Beit Bng hault mot ſur tous mons ppare
Duquel Biendroit le prophete Meſſẏc
Affiṇ que Adam fut du tout repare/
                                    c

Lequel estoit par peche separe
Et interdit de la grace diuine
Dõt pleur suruint mozt misere ⁊ ruyne
Au gerre humaiŋ dolent ⁊ gemissant
Mais dieu puissant pour son reclinatoze
Luy ozdonna ce lieu resplendissant
Mont distillãt/paix/salut/grace ⁊ gloze

¶ Le mont Thamoz ou Moyse ⁊ helye
Furent iadis bieŋ nous a figure
Le mõt plaisant ou dieu tãt se humilie
Queŋ cozps humaiŋ si est transfigure
Mozalement il est pzefigure
Mont de Syoŋ pzeserue de Vermine
Mont de Lybaŋ qui serpens extermine:
Par la Vertu de soŋ cedze odozant
Lypze fleurant ⁊ palme de Victoire
Qui se mõstroit eŋ tout fruict prosperãt
Mont distillãt paix/salut/grace ⁊ gloze

¶ Decy le mont nous dõnãt leau de Vie
Du Noe fut eŋ soŋ arche asseure
Decy le mont plaiŋ de grace assouuie
Que noz parens auoient tant desire
Parquoy Dauid le pzophete inspire
Lappelle mõt ou dieu pour noⁱ se icline
Le mõt de Ozeb sans chardõ sans espine
Fertile gras delectable ⁊ plaisant
Mont scintillant sur ce bas territoze
Mont fructueux iour ⁊ nuyct relupsant
Mont distillãt paix/salut/grace ⁊ gloze

Le pur forment y croist ꝗ multiplie
En fleur ꝗ fruict sans estre laboure
Le ciel y rend doulce rousee ꝗ pluye
Dencens ꝗ myrre est plain ꝗ decore
De lauriers verdz ꝗ blanc sis couloure
Par le soleil qui dedans senlumine
Et qui tout pur se monstre ꝗ determine
Mont de Syna ou le buysson ardant
Fust deffendant/comme narre lhystoire
Lhonneur du mont en tous biens abūdāt
Mont distillant paix/salut/grace ꝗ gloze.

C O mont despoir ou chascun se confie
Par toy nous fut vray salut procure
O seur repos que dieu tant magnifie
Tousiours en toy nous auons espere
Mont de Osiuet sur tous auons prefere
Par ton osiue apportant medccine
Mont de pitie ou croyt mainte racine
De souefue odeur/basme aromatisant
Fruict nourrissant toꝰ ceulx ꝗ̄ font mēoze
De la haulteur de ce mont fleurissant
Mont distillant paix/salut/grace ꝗ gloze.
Renuoy.
C Mōt plātureux tous humains repaissāt
Mont ou dieu mist de vertus se beau plant
En contemplant se dy par metaphoze
Le mont du carme en fleur rauerdissant
Mont distillant paix/salut/grace ꝗ gloze.

Dom Nicolle Lescarre.

Argumentum.

Altioꝛ celo est de qua loqui nitimur/ abyſſo pꝛo-
fundioꝛ/cui laudes dicere cupimus. Hec Hierony.

Chant royal ou labeur humain
Sa terre a veu ſans poꝛter fruict
Par pillage qui la deſtruict
Et mys ſuꝛ luy ſa rude main
Dont voyant pillage inhumain
Ne ceſſer de luy mener guerre
Il cerche auiourdhuy ꝗ demain
Marſe pour engreſſer ſa terre.

Ardy pillage en ſes faictz violent
Filz du dieu mars par folie eſt venu
Piller labeur qui tout triſte ꝗ dolent
Se plaint a dieu de ſon mal aduenu
Le que deſtuict ꝗ poure eſt deuenu
viuant en crainte et paine miſerable
Tant quil a veu ſa terre labourable
Infructueuſe ꝗ en ſteriſite
Dont luy conuient ſoubz la diuine grace
Cercher auy champs pour ſon vtiſite
Marſe rendant terre fertile ꝗ graſſe.

Labeur voyant ſon dommaige apparent
Poꝛtant picquois en peine eſt paruenu
Au champ de Abel noſtre frere ꝗ parent
Ou lhomicide eſtoit la ſuruenu
Qui loꝛs luy dit ie tay cy pꝛeuenu

Pour te annoncer quen ce champ deteſtable
Neſt blanche marle ßtile (z prouffitable
ßeu que Caiŋ remply diniquite
Du ſẑng de Abel a rougy ceſte place
ßa donc cercher au ßerð champ dequite
Marle rendant terre fertile (z graſſe

C Plus oultre allant haſtif (z diligent
Au large champ de Abraham ceſt tenu
Et du boŋ lotz/mais pour ſoŋ cas ßrgent
Le quil cercheoit ny eſtoit contenu
Car leurs paſtteurs y ont trop maintenu
Diſcorð/qui renð côtre amour raiſonnable
La terre nopre a frequenter damnable
Parquoy labeur ne fuſt lors incite
De cercher plus au champ de contumace
Pour ſubuenir a ſa neceſſite
Marle rendant terre fertile (z graſſe

C Par grace il ßint au ßerð champ redolét
De Joachiŋ amp de dicu tenu
Et lors congneut que pour bien excellent
Dieu luy auoit ce beau champ retenu
Et dy foupr ne ceſt pas abſtenu
Conſiðerant que ſa main ſecourable
De dieu beniſt ſa marſiere aðmirable
Ou tant reſuiſt pure profundite
Que humaï labeur neŋ peuſt ßoir lefficace
Quant delle extraict pour ſa cômodite
Marle rendant terre fertile (z graſſe.

℃ Labeur ioyeulx se tint lors pour content
Dauoir marliere a son vueil obtenu
Parquoy vng tour de hault cedze y estend
y ioignant cozde ou vez nest soubstenu
Cozbeille y mist de pur sethim menu
Pour en tyzer blance marle acceptable
Deuotion ⁊ bonte veritable
Tournent se tour par telle actiuite
Que leur vertu ne se voit iamais lasse
De tyzer hozs de la concauite
Marle rendant terre fertile ⁊ grasse
            Renuoy.
℃ Marle dhonneur dheresie impalpable
Qui ses chies mozdz de mozsure coulpable:
Na peu iecter dedans la purite
De la marliere ou lustre diuin passe
Pour te monstrer sans air de obscurite
Marle rendant terre fertile ⁊ grasse

        Dom Nicolle Lescarre.

    ℃ Chant royal.

Essez Dauid cessez roy pacifique
Ne touchez plus vostre herbe autentique
Lytharisant en chant psalmodieux
Et vous ozrez sur lozdze archangelique
Hault resonner en parfaicte musique
Ung instrument doulx ⁊ melodieux
Car dieu qui fust des humains curieux
Nous la transmis par benigne ozdonnance

En laccordant en telle resonnance
Sans y trouuer fracture ou dissonance
Le lucz rendant souueraine harmonie

Iadis fut faict dūg grād ouurier antiq
Par art subtil de si haulte praticque
Qui nest esprit tant soit il studieuy
Qui sceut priser par sequence autētique
Son pur oeillet sa face magnifique
Tant le fist beau/clair a solacieuy
Iamais nen fut ung plus harmonieuy
Ung pl° plaisant pour mettre cōcordāce
Entre hōme a dieu q̄ par pleine abūdāce
Lauoir verny de sa grace infinie
Pour mieuly ouyr sans air de dissonāce
Le lucz rendant souueraine harmonie.

C Le fust estoit de cypre iudaique
Ioinct a uny au sapin dauitique
Tronc de Iesse arbre delicieuy
Branches auoit de cedre aromatique
Qui fut sans neudz par vertu heroique
Et ne recoit aucun ver vicieuy
Aussi louurier sur tous industrieuy
Cordes y mist pour rendre a suffisance
Parfaictz accordz bien unis a plaisance
Monstrant qui rend musique assez fournie
Pour estre en pleur parfaicte esiouyssance
Et estre dit dhumaine congnoissance
Le lucz rendant souueraine harmonie

℃ De luy fortift le ton euangelique
Qui nous inftruit en la foy catholique
Faifant ceffer le chant fedicieux
Du Violeur faulx ⁊ diabolique
Qui nous auoit par fa Viole oblique
Caufe vers Dieu difcordz contagieux
Car ce doulx fucz trefcher ⁊ precieux
Ferme ⁊ entier fonnant par attrempance
Remift humains aux accordz daffeurãce
Alors que fuft nature humaine vnie
Auecques dieu qui pour noftre efperance
Faifoit fonner en fa perfeuerance
Le fucz rendant fouueraine harmonie

℃ Iay prins le fucz pour la Vierge pudiq̃
Plus pres de dieu que nature angelique
Comme princeffe en fes fouuerains lieux
Le fon qui rend par efprit prophetique
Sans fraction en fentence meftique
Ceft Iefuchrift qui tout voit de fes yeulx
Ou defcendit fecretement des cieulx
Pour en ce lieu prẽdre humaine naiffance
Ou il trouua pure ⁊ nette fubftance
Veu quil auoit concauite garnie
Des fept accordz de la haulte puiffance
Affin quil fuft pour chaffer defplaifance
Le fucz rendant fouueraine harmonie
              Renuoy.
℃ Muſyciens qui queres iouyffance
De vray falut faictes voftre elegance
Oultre paffer les haulx mons darmonie

Pour exalter iusques a Romme par plaisance
Daccord parfaict et ioyeuse aliance.
Le sucz rendant souueraine harmonie.

Dom Nicolle Lescarre.

℃ Hostem repellas longius
Ma faict faire ce chant royal
Du couleuurine longue y euz
Contre Ing autre instrument loyal
Qui eust triumphe imperial
Sur sennemy plain de fallace
Par le bon cheualier de grace
Qui figure le roy de France
Selon la moralle substance.

Chant royal.

Orment despit le canonnier denfer
Menoit sur fer sa fiere couleuuryne
Quil fist par souffre & salpestre eschauffer
Pour triumpher/& tout mettre en ruyne
Et tant Vallut par astuce Vulpine
Quil Vint frapper de son artillerye
Humanite & sa cheualerie
Que soubz luy fist captiue detenir
Mais dieu son roy pour lauoir en sa garde
Fist hault plaisir sur champs dire & tenir
Le cheualier a la forte bombarde

℃ Lors hault plaisir pour pure la forger

c.

Et la charge de pouldꝛe blanche ⁊ fine
Faicte de myꝛrhe aucc encens liger
Pour y plonger Vne pierre diuine
En la fournaise il lespꝛeuue ⁊ affine
Faisant souffler miracle ⁊ pꝛophctie
Et tant la sonte eŋ Valeur appꝛecie
Que sans macule ⁊ tache retenir
Du moulle eꝑtraict de terre ou pcche tarde
Foꝛme elle pꝛint pour puissant maintenir
Le cheualicr a la foꝛte bombarde.

Le roy Voyant humanite iuger
Et segreger de soŋ triumphant signe
Fist la bombarde ou nest tache a purger
Dꝛoit eriger ou tourment guerre assigne,
Espoir hardy loꝛs sonnant sa buccine
Dit:o bombarde infragible Marie
Les fleurs de liz sont ta noble armarie
Pour eŋ Victoire ⁊ Vertu pꝛeuenir
La couleuurine ⁊ superbe lesarde
De qui loꝛgueil ne peust circonuenir
Le cheualier a la foꝛte bombarde.

℃/Tourment cupdet eŋ soŋ camp enrager
Voyant renger ceste grosse machine
Qui Vint eŋ foꝛce humanite Venger
Du griel dangier qui luy foꝛge ⁊ machine/
Dont plus se obstine eŋ tente clandestine
Sa colleuurine eschauffer eŋ furie/
Mais eŋ plaiŋ camp fut cassee ⁊ pevie
Par la bombarde ardante a subuenir

Parquoy tourment a fuyre ne retarde/
Car plus ne peut attendre ꝗ soustenir
Le cheualier a sa forte bombarde.

C Elle a donc fait lennemy eslonger
Et camp changer a sa faulce vermine
Qui la vousoit a fracture obliger
Et affliger du souffre qui nous mine
Par sa puissance heretiques fulmine
Jamais sa force en conflict ne varie
Ung elephant en grand bruyt sa charie
Manifestant quelle a fait reuenir
Humanite vers son roy qui la garde
En luy laissant pour es cieulx paruenir
Le cheualier a sa forte bombarde.

             Renuoy.
Prince des cieulx pour venger ꝗ pugnir
Noz ennemys faitz en nostre auantgarde
Si pourrons nous eyalter ꝗ benyr
Le cheualier a sa forte bombarde.

        Dom Nicole Lescarre.

             C Chant royal.
Ng fin pescheur gectant iadis ses rethz
Dedãs la mer pour les gros poissõs prẽ
A son plaisir ꝗ les tenir serrez   (dre
Sãs eschapper/ne sceut iamais cõprẽdre
Cõme il pourroit se beau daulphin surprẽdre/
Car en nageant il est veu si agile
Et si fort prompt que autre poisson fragile

En le fuyuant demeure Vain ʒ las
(Tant que du fin pefcheur il eft furpʒins/
Mais on ne Voit tomber dedans fes lacqʒ
Le beau daulphin qui ne fut iamais pʒis.

Ceftuy pefcheur de fes gros dardʒ ferrez
Sur ce daulphin a Voufu entrepʒendʒe:
Mais fes herpons dont il a enferrez
Les marfouyns nont peu de poicte pʒēdʒe
Sur fon efcaille on ny a que repʒendʒe/
Parquoy Voyant fon art eftre inutile
A decepuoir ce daulphin tant Vtile
Ceft retire auec gens contumatz
Faulx enuuieux plains de mauuais efpitz
Qui Vōt blafināt malgre roys ʒ pʒimatz
Le beau daulphin qui ne fut iamais pris.

℃Le beau daulphin fur fes coftez doʒez
Et fur fon chef poʒte le beau liz tendʒe
A trois fleurons que nature a doʒez
De tel fplēdeur quon Voit le poiffō tēdʒe
A le fuyuir:ʒ fe aucun Veult pʒetendʒe
A lengloutir:fa clarte qui rutile
Ne peut fouffrir que aucun acces inutile
Sa grand beaulte qui refuyt hault ʒ bas
Dont tous poiffons font de plaifir efpʒis
Ainfi Voyans en pʒenant fes efbatz
Le beau daulhin qui ne fut iamais pʒins.

℃La grand baillaine a fes gros peulx Virez
Vers ce daulphin pour fes dens fus eftandʒe

Mais les rayons de luy ont desuirez
Des fiers regardz/ꝗ si ont fait descendre
Ses grãs fanõs sans plꝰ tel proye attẽdre
Parce quil est sans condition vile
Poisson royal franc de debte seruile
Courbe en bas:tout hũble ꝗ sans debatz
Sur tous poissons ayant le loz ꝗ pris.
Dit a bon droit sans prẽdre aucũs cõbas
Le beau daulphin qui ne fut iamais pris.

Du daulphĩ sont les doulx chãs desirez
De toꝰ humais:ꝗ veult leur voix entẽdre
En rendant son/contre les cueurs irez
Sãs de rigueur voulãt vers eulx cõtẽdre
Quant Aaron voulut sa harpe tendre
Il se porte par la mer en maint isle
Dont euada sa grant rigueur hostile
Des mariniers desirans son trespas
Lesquelz du roy de Corinthe reprins
Congneurent bien passans le mortel pas
Le beau daulphin qui ne fut iamais pris.

Renuoy.
Le pescheur est sathã qui perd ses pas
Ses rethz ꝗ dardz sont biẽ diez par cõpas
Mauldit peche qui ne touche a ce pourpris
De lhumble vierge appellee en ce pas
Le beau daulphin qui ne fut iamais pris.

M.Pierre Apuril.

¶ Le chant royal deſcript trois courtz
Dont les deux ont perdu leurs cours
Par erreur trop Vituperable/
Mais la tierce court honnorable
Amis tout erreur en decours.

E ſouuerain en ſa grant court premiere
Voulut creer conſeulx et preſidens
Qui par erreur perdirent la lumiere
De Verite / Eulx monſtrans imprudens
Puys erigea Vne autre court ſeconde
Dont les ſuppoſtz deſegante faconde
Furent auſſi par leur erreur mis hors:
Adonc reſtoit pour treſor des treſors
La tierce court ſouueraine en police
Quon nommeroit pour fin de tous reſſortz
La noble court rendant a tous iuſtice/

De ceſte court grace eſt grand chanceſliere
Vertuz ont lieu de preſidentz prudentz
Verite eſt premiere conſeilliere
Et purite huyſſiere la dedans
La greffiere eſt Virginite feconde
Et la conſierge humilite profonde
Pitie procure a Vuyder les diſcordz
Comme aduocat amour ayde aux accordz
De geolier Vacque le ſeul office
Ainſi on Voit par officiers concordz
La noble court rendant a tous iuſtice.

La court seconde a pitie familiere
A appefe deuant fes refidens
En cefte court Ou grace finguliere
Luy feeffe arreft Buydant tous incidens
Et principal/par ce que pitie fonde
Pour genre humain/affin quelle côfonde
Ses ennemys adherens τ confortz
En declairant leurs cautelles τ fortz
Auoir a tout perfuade fon Bice
Et q̃ a bon droit prenoit pour fes côfortz
La noble court rendant a tous iuftice.

Les forbanis de la grand τ planiere
Premiere court/par effectz dependens
Dãtique erreur nont plante leur erreur
En cefte court/ou parfaictz euidens
Barde lentree innocence trefmonde
Qui faict la conrt deffendre tout le mõde
Par officiers fages/puiffans/τ fortz
En reiectant fes affaulx τ effortz
Des mal Bueillãs cupdãs p leur malice
Defhonnorer entre chafteaulx τ fortz
La noble court rendant a tous iuftice.

En cefte court toufiours faine τ entiere
Le fouuerain par haultz faictz prouidens
A tenu fiege τ mis hault en frontiere
Son efcuffon contre tous accidens
Laufez derreur/car il Beuft quelle habonde
En paiy fans fin/τ que grace y redonde
Rendant Bniz comme membres dung corps

Les officiers en faisant leurs records
Et les conferme/affin que se iuste isse
Hors de proces:quant faict sonner ses cors
La noble court rendant a tous iustice.
M.Pierre Apuril.

℃ Chant royal.

E formateur du hault ciel astrifere
voulant iadiz les humains informer
Es haultz secretz ordonna Vne spere
Tresbien scauant aux cieulx la conformer
En elle on doit par art astrologique
Tous ses orbes de nature celique
Et mouuemens sans oeuure naturelle
Cest Marie qui par grace eternelle
Fist dieu du ciel Visible aux humains yeulx/
Parquoy la dis sans tache originelle
Sphere monstrant tous les secretz des cieulx.

℃ Ung astre on Voit hault sur nostre hemispere
Que louurier Veult polle artique clamer
Cler (et) luysant (et) par lequel espere
Mout bon patron soy conduyre en la mer
En son nadir est le polle entartique
Clarte donnant sur la gent barbarique
Monstrent iceulx que de ceste pucelle
Tout fruyt/tout bien/grace/(et) clarte ruisselle
Pour radresser hommes/ieunes/(et) Vieulx
Dont a bon droit disons de dieu lancelle
Sphere monstrant tous les secretz des cieulx.

C Douze signes en siecle signifere
Fist le hault dieu destoilles impximer
Entre lesquelz Virgo sans Vitupere
Rend sa clarte pour la nupct repximer
Le beau soleil tout têps son cours applicq:
Dessoubz iceulx par la signe eclipsique
Par les signes ientendz/la Vierge celle
Du sainct espxit laquelle remplit icelle/
De to° ses dôs pour estre au dieu des dieux
Logis dhonnenr/⁊ affin quon lappelle
Sphere monstrant to° les secretz des cieulx

C Lozbe trescler/ qui le soleil deffere
Pour tous humains ⁊ Viuans refoziner
Celluy qui seul toute beaulte confere
Pour son plaisir tel le Voulut fozmer:
Quil est tout pur ⁊ au monde eccentrique/
Pour denoter que la Vierge heroique
Est hozs la loy doffence paternelle
En son concept par oeuure supernelle
Car dieu nê fist iamais Vng autre mieulx
La pxeuoyant pour son filz toute belle
Sphere môstrant tous les secretz des cieulx

C Tel instrument faict pour diuin mystere
Couurier Voulut tant cherir ⁊ amer
Quil lexempta de tout faulx impzopere
Car iamais neust tache de Vice amere
En luy ne eust lieu/le chef dyabolique
Du faulx dzagon/⁊ queue Venefique
Qui tous humains pour aucun temps debelle

ð

Par le tranfgretz du pere Adam rebelle
Par telz moyens dis la Vierge en tous lieux
En fon concept & fefte folennelle
Sphere monftrant tous les fecretz des cieulx.
            Renuoy.
C Prince elle tient en figure fpherique
L'orizon droit lun & lautre tropique
Et lecateur qui les autres precelle
Celuy qui fift dalmageft le libelle
Les Caldoyens/mefmes tous les Hebrieux
Ne Veirent oncques/ne Verront Vne telle
Sphere monftrant:tous les fecretz des cieulx.
               (&).Nicolle Ofmont.

          C Chant royal.

Vng papillon en plaifir & lielle/
Volloit iadis fur maitz arbres to⁹ Vertz
En Vng Verger ou flora la deelle
Ses beaulx trefors:a chafcun temps ou-
Le plaifir fut toft change au reuers: (uers.
Quant il choifit Vng pommier pour manger
Qu'il trouua fi Veneneux manger
Quen Vng moment fut perdu & deffaict
Mais de ce mal aduint bonne aduenture
Quant en fortit par Vng fecret effect
D'ung poure Ver:triumphante Vefture.

C Le dur manger:le blanc papillon prelle
Ainfi que fleurs font en rudes yuers
Par hault Voller Vifite foubz fa prelle
Le rue au bas/ femblable aux petits Vers

Dire on ne peult en huyt ny en diꝫ vers
De ce moꝛceau le perilleuꝗ danger
Mais dieu voulant dueil en ioye eſchãger
Et pour monſtrer que par dict ꝗ par faictꝫ:
Il peult foꝛmer de la ſemence impure
Ung coꝛps tout beau p ſa puiſſance a faict
Dung poure ver:triumphante veſture.

℄ Le petit ver tous ſes inſtrumens dꝛeſſe:
p artꝫ ſubtilꝫ/ auꝗ humaĩs cieulꝗ couuers
A bien filler nature ſes adꝛeſſe
Par hauſtz ſecretz au ſeul dieu deſcouuers
Dõt pour ayder ꝙ hõneurs ſoiĕt recouuers
Au papillon/ ꝗ ſon meſchief venger
Sa ſoye fille ꝗ ſes filꝫ ſcait renger
Si propꝛement:ꝗ par art ſi parfaict
Que imperceptible eſt a nous ſa teꝗture
Dieu pꝛeuoyant pour ſuy qui tout pfaict
Dung poure ver:triumphante veſture.

℄ Une pucelle au monde ꝗ cieulꝗ pꝛinceſſe
Beau veſtement en donna ſans enuers
Au ſouuerain:par lequel a pꝛins ceſſe
Du papillon:le mal long ꝗ diuers
Mal vueillãt neſt tãt ſoit faulꝗ ou puers:
Qui en la ſoye ayt ſceu tache iuger
Oncques beſoing ne fuſt de ſa purger
Combien que ſoit traicte de coꝛps infaict:
Dont ſeſbahyt en ceſte oeuure nature
Voyant yſſir beaulte dung contrefaict
Dung poure ver:triumphante veſture.

Icelle soye ozdonnce a noblesse
Bien regardee en dzoit ꝗ de trauers
Est toute belle/ꝗ de soy qui nous blesse
Tenue exempte/ꝗ du commun trauers
Que ont de chascun impositeurs
Car le grand roy Voulant nous soulaiger
Lozs que enuopa son saige messagier
Affin que sust lappoinctement refaict
De luy/auec humaine creature
Pzint pour habit ou neust rien imparfaict
Dung poure Ver triumphante vesture.
   Renuoy.
Dieu no⁹ mõstrãt ses secretz en pourtraict
Dadam fozma Marie sans laydure
Ainsi quon Voit que chascun iour extraict
Dung poure Ver triumphante Vesture.

     Maistre Jacques le Lieur.

    Chant royal.
Ut Val pzofund de ce bas territoze
Par le conseil de linfernal pzetoze
Sathan subuiut a grant captiuite
Tous noz parens ainsi quil est notoze
Et les rendit apzes quil eut Victoze
A luy subgectz ꝗ leur posterite/
Parquoy fut dit en celeste assistence
Et arreste par diuine sentence
Que ruyneux seront tous mondains lieux
Excepte Vng qui neust oncques decadence
Que dieu esleut par saincte pzouidence.

Le seur repos/du grand treſoz des cieulx

Grace du ciel/fut le pzeparatoire
Diſpoſitif du beau repoſitoire
De la rencõ de toute humanite
Si quen beaulte/qui ne fut tranſitoire
Tous autres lieux:donc eſt tyſſue hyſtoire
Paſſoit en bzupt en loz q dignite
Car noſtre dieu y miſt telle diligence
Que de beaulte neuſt aucune indigence
Mais mõſtre fut plaiſãt aux humaïs yeulx
Auſſi luy ſeul:qui a la pzeſcience
Des futurs faitz le fiſt par ſa ſcience
Le ſeur repos:du grand treſoz des cieulx.

Le fondateur de ce reclinatoire
De ce beau lieu q ſecret ozatoire
Fut Ioachim/en ſon antiquite
Mais dieu Voulant ce lieu pour diuerſoire:
De lozs il pzint de luy le poſſeſſoire
En ladoznant/pour ſa diuinite
De dyamans/taiſſez pat eycellence
Et de rubis deyquiſe pzeceſſence
Si richement que lon ne pourroit mieulx
Puis le ſolcil de clere tranſparence
Rayoit deſſus/monſtrant en apparence
Le ſeur repos/du grand treſoz des cieulx.

Quil ſoit tout beau par raiſon perẽptoire
Se peult pzouuer/quant le hault conſitoire
Tranſmiſt legat au lieu damenite

Qui se trouua plus que autre meritoire
Destre nomme le sainct reconditoire
Du triumphe de haulte eternite
Lors decreta la bonte & clemence
De nostre dieu/que sa richesse immense
Tant desiree:entre icunes & vieulx
Prendroit seiour & seure residence
En ce beau lieu:qui est en presidence
Le seur repos:du grand tresor des cieulx.

C Le bastiment que texte sainct memoire:
Donc Salomon & dauid font memoire
Cest Marie:tour de securite
Du sa rancon:le pris & loffertoire
Dhumain salut fut mise en inuentoire
Pour redimer nostre fragilite.
Cite de dieu de sumptueuse essence
Temple construict en grand magnificence
Palais royal:chambre du dieu des dieux
On te peult veoir sans vicieuse offence :
Et que tu es pour humaine deffence:
Le seur repos:du grand tresor des cieulx.
Renuoy.
C Hystoriens darrogance insolence
Laissez passer soubz obscure silence
Les lieux Rommains/Grecz/Arabes/Hebrieux:
Thebes:Cartaige & Troye en consequence
Et descripuez par sublime eloquence
Le seur repos:du grand tresor des cieulx.

&.Jehan Alyne.

¶ Chant royal.

Ombien que Adam par sa transgression.
Nous submist tous a coulpe originelle
Dieu tout puissant par preseruation
En exempta sa chambre maternelle
Et la preueist en pensee eternelle
(Tant parfaicte que celeste nature
Inuestige qui est la creature
Que nostre dieu de tous humains vray pere
Veust preseruer de toute tache immunde
En la formant sans quelque vitupere
Pour le tout beau:la plus belle du monde:

¶ Et quil soit vray:sans quelque exéption
Par Salomon:il la dict toute belle
Pour restaurer la grand deception
Que a noz parens fist le serpent rebelle
Dont ie conclud sans faire long libelle
Que par elle les enfers ont closture
Et des saictz cieulx no² est faicte ouuerture
Et quelle obtient grace si tres planiere
Quelle na point premiere ne seconde
Mais est q fut en parfaicte lumiere:
Pour le tout beau:la plus belle du monde.

¶ Le texte saint en faict probation
En la nommant la blanche tourterelle
Hester aussi est demonstration
Que ceste loy nest pas mise pour elle
Puis de Noe:la pure coulombelle

Qui apporta aux captifz la Verdure
Lardant buisson q̃ sans flaistrir Verdure
La fontaine dont viēt leaue nette ⁊ clere
Judich/Rachel ou tout honneur habōde
Sont figure que dieu voulut sa mere
Pour le tout beau/la plus belle du mōde.

¶ Quant dieu voulut faire creation
De tous les cieulx ⁊ clarte supernelle
Il les crea sans supposition
De matiere ne chose corporelle
Quant il voulut loeuure tant solitaire
Du beau temple de Salomon faicture
Pierres yssoient sans aucune fracture
Faicte par mains de la dure carriere
Qui peut monstrer a cestuy qui se fonde
Que dieu voulut sa mere singuliere
Pour le tout beau/la plus belle du mōde

¶ Quant dieu getta hors la subiection
Le filz Jacob/⁊ toute leur sequelle
Le texte sainct fait declaration
Quilz osterent degypte la vaisselle
Que premier naiz souffrirent mort cruelle
Et tout cela ne fut peche ne iniure/
Car dieu hayt mal/⁊ tousiours bien procure
Parquoy sil la voulu garder entiere
Celle qui eut virginite feconde
Il a bien fait en parfaicte matiere
Pour le tout beau la plus belle du monde.
        Reuuoy.

Prince puissant deuant tous ie refere
Que cest celle dont tout honneur redonde
Qui en Vertus toutes autres prefere
Pour se tout beau/la plus belle du mõde.

℞.Iehan aspne.

℃ Champ royal.

Vt⁹ nozmãs q̃ par chascũe ãnce
Solemnisez en iubilation
De mõ cõcept la treffaicte iournce
Perseuerez en bonne intention
Vous en aurez remuneration
De mon cher filz tenez pour Veritable
Que ce sainct iour suy est tresaggreable/
Car il me fist de toute grace pleine
Entre toutes les femmes bieneuree
Et me crea trespure/clere/& saine
Maison de dieu de peche separee.

℃ Des dons diuins ie fuz illuminee
Et remplie de benediction/
Non seullement au deuant questre nee/
Mais des linstant de ma conception
De dieu obtins grace & dilection
Et a luy fuz tout temps tant acceptable
Quen son amour demeure pardurable
Et de mon sang Vint prendre chair humaine
Parquoy ie fuz sur toutes honnozee
Comme de luy tresaffine & prochaine
Maison de dieu de peche separee.

ð.

Oncq de pechc ne fus contaminee
Ne pour Adam ne sa transgression
Car iestoye de dieu mere ordonnee
Deuant quil sist du ciel creation
Adam ny peust mettre turbation
Pecheist ou non/dieu nest iamais muable
Mais son Vouloir est a tousiours durable
Parquoy ne sist par puissance haultaine
Chambre dhonneur pour le roy preparee
Arche de paix/τ de grace fontaine
Maison de dieu:de pechc separee.

Une raison sera par moy donnee
Que retendres pour resolution
Duoncques ne fuz de dieu habãdonnee
Mais en tout temps soubz sa protection
Et comme au pur Vaisseau delection
La puissance du pere inestimable
Sapience du filz tant charitable
Du paraclit la bonte souueraine
Par leur plaisir grace mest conferee
Tant que ie suis cest chose bien certaine
Maison de dieu:de pechc separee.

Pour certai suis la fontaine signee
Ou le serpent si a domination
La Vierge suis de Vertus assignee
Du dieu le filz print incarnation
Donc bien sensupt:que sans pollution
Fut mon concept tressainct τ honnorable
Malgre sathan τ la secte damnable

Dieu me garda comme sa chastelaine
Toutte belle q̄ de vertus parce
Sans encourir originelle peine
Maison de dieu de peche separee

Renuoy.

Jhesus mō filz gardes de mort soudaine
Mes vrays amans par qui suis decoree
Et chascuṇ iour chantent a doulce alaine
Maison de dieu:de peche preseruee
M.H.Colũbe.

C Champ royal.

Le seul vouloir de diuine puyssance
A procree de rien sa creature
Qui est plus faict eṇ bonne congnoissance
Que de simpur/auoir faict chose pure
Ce que dieu fist/en humaine nature
Quant il crea:par sa vertu immense
Le pur vaisseau venu de la semense
Deue q̄ adam tout plain de dignite
Cest Marie sa pure colũbelle
Si tellement quen son humanite
Pour son plaisir:dieu la fist toute belle.

C Il ne sault point auoir esbahissance
Se de peche na quelque pourriture
Le propre sang duquel dieu print naissance
Et le pur faict dont il print nourriture
Car il est mis en la saincte escripture
Quoncques peche ny a faict violence
Mais a este la chambre deyessence

Plaine de dons de sa diuinite
Et pour ses biens q̃ sont trouuez en esse
Il appert bien quen grant solēnite
Pour son plaisir dieu sa fait toute besse.

Esse a receu la diuine substance
Dedans son cloz ꞇ soubz sa couuerture
Dieu enfanta en toute esiouyssance
Sans sa froisser ne luy faire ouuerture
Lesse a donc eu en sa nobse closture
Ce que les cieulx to⁹ plains de relucēce
Nont peu prendre/Veu sa magnificence:
Conclure fault/quesse est sans Visite/
Et q̃ iamais il nen fut oncques de tesse/
Car Veu ses biens ꞇ son humilite
Pour son plaisir dieu sa fait toute besse.

C Cest se beau liz qui par iuste ordōnāce
Ne receut oncques despine sa poincture
Cest la rose qui toute besse ꞇ blanche
Est en tout temps dexcessente facture
Cest sa porte qui neust oncques fracture
Cest se iardin de pure conscience/
Cest se lieu sainct que dieu de sa science
A exempte de sa calamite
De to⁹ humains/touchāt playe mortesse
Parquoy conclusz Veu tel sublimite
Pour son plaisir dieu sa fait toute besse.

En sa beaulte a prins tesse plaisance
Que dessus tous luy donne presature

En son concept sa garda de nuysance
Car de pecche/ny eust oncques coniecture
Mais adonc par raison & droicture
Son tressainct corps du manteau dinnocence
Duquel couurit diuine sapience
Le vray tresor qui est en dcite/
Esse fut donc vierge/mere/& pucesse
Considere sa preciosite
Pour son plaisir dieu sa fait toute besse.

Renuoy.

Prince du puy sardante charite
De la voye/sa vie/& sa verite
La preserua de coulpe originesse
Ainsi doncques veu tesse auctorite
Pour son plaisir dieu sa fait toute besse.

M.Richard bonne annee.

Champ royal.

Ieu preuoyant sathan sedicieux
Priuer des cieulx humaine creature
Dont conuiendroit quen vng lieu specieux
Et gracieux vint restaurer nature
Pour preuenir a cesse forfaicture
Il proposa par sa benignite
En dignite vng parc damenite
Sans vanite faire tres magnifique
Auquel prendroit repositoire & psace
Precongnoissant plaisant & pacifique
Le parc dhonneur/muny de toute grace

Pour destourner se serpent veneneux

Trefcupneux dy commettre ouuerture
Chardons poignans/ioncmarins efpineux
Tous plains de neudz dy prendre geniture
Loupz/ꝗ Leopardz dy chercher leur pafture
Il compofa en grand felicite
Sollicite damour ꝗ incite
Par charite de matiere pudique
Ses fondemens de tant noble efficace
Que ne produyt aufcune chofe inique
Le parc dhonneur:muny de toute grace.

C Bien fut plante darbres melliffueux
Non tortueux:mais parfaitz en droicture
Garny de fleurs/de cedres fructueux
Moult Vertueux:contre afpique poincture.
Et non obftant quemuiron fa cloufture.
Teuffent leons en grande quantite
Sa fainctete tant bien a cuite
Leur prauite quil nont trouue praticque
Dy mettre pied cler foleil fa face
Les expulfoit rendant aromatique
Le parc dhonneur:muny de toute grace

C Iacoit quil fut entre rochiers fcabreux
Lieu tenebreux terre Vifle ꝗ impure
Non produifant aufcuns fruitz fauoureux
Mais tant Vereux/quen couroient pourriture
Si fut fon fons/de terre franche ꝗ pure
Pour porter fruict de grand fuauite
Dont la bonte mift en profperite
Pofterite dhumain parafiticque

Parquoy ie dy veu que de ver neuſt trace
En enſuyuant du ſaige le cantique
Le parc dhonneur:muny de toute grace:

C De grace il euſt ruiſſeau delicieux
Dair vicieux gardant dy faire iniure
Iouxte iceluy verger ſolacieux
Et ſpacieuſy plain de fleurs ꝗ verdure
(Tout a lſétour lauriers verdz ſans laidure
Et oliuiers par grande affinite
De qualite tyſſuz en vnite
Liniquite dudict ſerpent ſubzique
Exterminant quil ny commiſt fallace
Puis ſut encloſ de franc ꝗ pure bzique
Le parc dhonneur muny de toute grace
                    Renuoy.
C Le verger dont le plant vertus expliꝗ
Au ſainct eſperit de lhumble vierge appliꝗ
Et ſon pur corps ſans ville contumace
Apparoir veu le ſalut angelique
Le parc dhonneur:muny de toute grace.
          (A). Nicolle le veſtu.

          C Chant royal.

O Izghan treſdocte en art anatheinatique
Aritmetique/auſſi geometrie
Aſtrologie/ꝗ meſment muſique
Qui fantaſtique ennuy chaſſe ꝗ maiſtrie
Par induſtrie en fleurs ꝗ deſchant
Doulceur cerchant/oeuure fuſt en droit chant

Deument dreffant en des pars trente fix
Ou euft affpz accordz tant bien fulcps
Et refulcps de doulceur par droicture
Quen efcripture eft fe nommer requis
Mottet erquis/chef docuure de nature

CLeftup olzghan Vfant moult de pratiq
Et theozique en toute fpmphonie
Si bien guernpe a cefte ocuure autētique
De chant mpftique/꜀ parfaicte armonie
Que ainfp munpe humain cueur lāguiffāt
Et impuiffant rendoit fain ꜀ puiffant
Lefioupffant ꜀ finconftant raffis
Verbes paffifz euft graues ꜀ maffifz
Hault efclarcps de tefte fourniture
Quen cōftructure oncꝗsne fuft mieulp ꝗs
Motet erquis/chefdocuure de nature

En blanche peau de parchemin antique
De iudaique adoznement guernpe
Moult bien guernpe auec ponce pontique
Daromatique oliban puis bzunpe
Sur rigle Vnie Vng chantre bien Voulāt
Oz pur coulant de fa plume efcoulant
Sop recolant eftre a noter fubmis
Coeuure pzemis fans rien auoir obmps
Cozrect fa mis tout en Vne ouuerture
Et fans fracture audict fracteur trāfmps
Motet erquis chiefdoeuure de nature

CPour fappzouuer a facteur magnifique

En lieu publique/expertz chantres compye
Qui grãde enuye enuoyent quen foy vniq̃:
Chant pacifique apparut en leur vie
Lors chanterie vng chascun congnoissant:
Recongnoissant son/dudit chant yssant
Reiouyssant tous couraiges remys/
Puis le commis ny auoir mal commis:
Tous ont promis ꝗ faict iudicature :
Que adornature auoit tresiuste acquis/
Motet exquis/chefdoeuure de nature.

Se vng tel motet/se attribue ꝗ applicq
A ton pudique/ꝗ sainct concept Marie
Ne soiez marrye en tant que chant cesique/
Ny angelique au tien ne sapparie/
Se ie y varie/ou ne suis consonant/
Ne resonnant/a ton loz bien sonant/
Mais dissonant/supporte lapprentys
Car si subtilz membres grandz ꝗ petys
Estoient vertys en langues dauenture
Louer ton pure assez ne pourroient ilz
Motet exquis/chefdoeuure de nature

Renuoy.
Prince tresdoulx/ꝗ tous descordz vainqs
Quant nous conquis/en celle dõc nasquis/
France dacquis/fay nous voir sa figure
Que ie figure apres tauoir requis:
Motet exquis/chef doeuure de nature.

M. Nicolle le vestu.

e

❡ Gillebert le feure/prince du puy.

Plusieurs quantons dhommes barbariens/
Hault emplumez les picques sur les bras
Rebarbatifz comme Canariens
Plus obstinez que le grand Fierabras
Fort tailladez/bigarez de tous draps
Se sont iectez aux champs sur la prarie
Pensantz greuer la pucelle Marie
Et la picquer de facon inhumaine
Par leurs souldartz τ lignes scismatiques:
Mais en vertu τ grace souueraine
Sans lesion/a passe par les picques

❡ Damasser boys sont grans praticiens
Pour sinuader pensant la mettre es lacz
Ors τ infectz/des parens anciens:
Et en ce cas/ne se sont monstrez las:
Car ils ont mis gros fers poinctus es lacz
De phlegeton pour faulcer par enuye
Son cler harnoys/τ luy tollir sa vie:
Le neantmoyns elle est entree en plaine:
En mesprisant leurs bragues τ traficques:
Et malgre eulx de toute grace plaine
Sans lesion/a passe par les picques.

❡ Donc eulx marris τ bien peu patiens
De son honneur renforcent de combatz/
Donnans lassault de paix impatiens
Presumption les guyde en telz debatz
Phiffres/tabours/resonnent hault τ bas

Erreur condupt toute leur compagnie
Peu de scauoir:herault la dit banye
Dhonneur royal:mais en vertu haultaine
Repulse boys:les monstrans tous iniques
Et pour son filz qui en est capitaine
Dans lesion:a passe par les picques.

CEn la desmarche arriuent Briuiens
Pensantz sauoir pour sa mort et trespas
De ses germains:daultres Italliens
ya foyson:les suyuantz pas a pas
Tant diuers sont:quilz ne sentendent pas
En leur parler:mais la dame hardye
Passe dessus:et leur boys repudie
Par la vertu et force plus que humaine:
Et soubz guydons et banieres cesicques
Auec Jesus de qui elle est germaine
Sans lesion:a passe par les picques.

CDame dhonneur:tous les Bononiens
Ont quicte boys et armes en ce cas
Arabes:Turcz et les nestoriens
Ont faict sonner par tous que tu combas:
Le fier Sathan conteres et abas
Sans auoir eu reproche ou villennie
Puis sempereur de puissance infinie:
Duquel tu as tousiours este prochaine
A faict crier par heraulz autentiques
Ceste pucelle en corps et en ame saine
Sans lesion:a passe par les picques.
        Renuoy.

Sus Rouennoys/que chascun estudie
Palinoder:ȝ que par tout on die
Les faulx souldartz auoir parolle vaine:
En soustenant que nostre dame eust paine
De vil pecheȝ:et pour toutes replicques
Chantez ce dict en roix doulce ȝ seraine/
Sans lesion/ a passe par les picques.
                    M. Nicolle Aubert.

Chant royal faict en dyalogue/
    Ou Raison Sathan interrogue:
    Pourquoy il veult par sa mallice/
    Perturber la bonne pollice
    De Marie saincte cite:
    Dont saincte eglise a recite/
    En maint lieu sa perfection:
    De sa saincte conception.

Ere dorgueil mauldict ȝ detestable:
    Napproche pas de la saincte cite
    Du roy des roys(Sathã) A raisõ eqtable
Ie y doibz entrer ȝ mettre impurite
(Raison)Faulx seducteur iustice ȝ verite
La tiennent close en y gardant pollice
Pour obuier a ta fraulde ȝ mallice
(Sathan)ya il murs de preseruation
(Raison)Ouy ȝ vertus la grand main armee
Affin quil soit tousiours sans fraction
Saincte cite/ contre Sathan fermee.

                    Sathan.

En la cite de triumphe admirable:
Ie fus iadis en grand auctozite
(Raiſon) Il eſt certain/ mais cõe miſerable
Par ton ozgueil en fus deſſherite:
Ainſi que bien ſanoys demerite:
(Sathan)Et icy bas par ſozgueil Vice
Debuoit pas dieu ſouffrir que ie aſſeruice
Toutes citez(Raiſon)Oup fozs ſa mãſion
Qui ne fut oncques des ennemis oppziince
Pourtant que eſtoit par pzeeſection:
Saincte cite:contre Sathan ferinee.

Sathan.

℃ Se la cite Dadam pere honozable:
Et de Eue auſſi tins en captiuite:
Ceſte cite neſt pas inſuperable :
(Raiſõ)ſi eſt(ſathã)cõinēt.raiſõ p la ſuauite
Des dons diuins(Sathan)ont iſ actiuite
Contre peche ꝗ tout mon maſſeſice :
(Raiſon)Oup:car elle a ceſeſte beneſice:
Qui es ſainctz mons feiſt la fondation
Ou toute grace eſtoit ſozs enſermee
Pour ſa garder en ſa perfection:
Saincte cite: contre ſathan ſerinee

Sathan.

℃ ꝑa iſ tours de fozce incypugnable:
(Raiſon)Oup ꝗ foſſes parfondz dhumiſite
Pour ſa gardcr que Viſ peche damnable
Ne entrer dedans par ta maſignite
(Sathã)ꝑ ſont pzudence/amour ꝗ charite.

(Raison) Ouy de tous temps auec dame iustice :
(Sathan) Grace luy est donc benigne et propice :
(Raison) Il est certain : si que sinfection
Du mors Dadam ne la point deformee
Pourtant quelle fut par diuine action.
Saincte cite : contre sathan fermee.

¶ Par la cite tressaincte et Venerable
Jentendz Marie en grace et dignite :
Qui est cite du roy incomparable :
Lequel Voulant y prendre humanite
La decora par sa benignite
De ses sept dons : comme son edifice
Faict et construict par diuin artifice :
Et la garda : quen sa conception
Ny eust iamais quelque tache imprimee :
Aussi Dauid la dit sans fiction :
Saincte cite : contre sathan fermee.

      Renuoy.

    Raison.
¶ Mauldict sathan : pere dillusion :
Retire toy a ta confusion
Au fons denfer fournaise enflammee
Puis que Marie est pour conclusion :
Saincte cite : contre sathan fermee.

           M. Pierre le Lieur.

        ¶ Chant royal.

Hyffres sonnez trompettes ⁊ clerons:
Il est besoing maintenãt se deffendre
Laigle est aux chãps/q̃ trayne sacherõs
Et a voulloir dessur nous entreprẽdre
Sinistrement il nous liure combas:
Assaultz ⁊ guerre auecques grandz debas:
Parquoy conuint:que dung benif amoureux
Soit expesse cest aigle rigoureux
Par le moyen du triumphant arroy:
Qui gardera de saigle dangereux:
La france terre:appartenant au roy.

COr sus frãcoys/en vous nous esperõs:
Et ne craignons q̃ nous puisse mesprẽdre
Car le lyon tousiours ensuyuerons:
Quãt a voulu pour ses amys no⁹ prẽdre
Le tigre vient/qui de poser est sas:
Et a voulloir dobeir en telz sacz
Car vaillãmẽt en vng sieu vmbrageux
Pour mieulx auoir cest aigle auãtageux
Il est gecte sans aucun desarroy
En deffendant de seffect oultrageux
La france terre:appartenant au roy.

C Nobles barons:gẽdarmes cõpaignõs
Ie vous supply de voulloir cõdescendre
Auec le droit auquel accompaignons
Pouoir diuin:qui a voulu descendre
En nostre faict:nostre puissance ⁊ cas
Et nest besoing danciens predicas:
Quant le forfaict dung vassal enuieux

Doit eſtre bas:ſil napparoit en ſoy
Quil doibue auoir par renom glorieux
La france terre:appartenant au roy.

℃Pour ſouſtenir les faitz ꝫ les renons
De ceſte terre/ayons tous a comprendre
Que ſon regent ne congnoit aulcuns nōs
Puiſſance ou faict qui ſe puiſſe reprendre
Mais a pouoir de a tous donner ſoulas
Sans lamenter ou crier plus helas
Et par ainſy que a don tant precieux
Le filz ꝫ roy begnin ꝫ gracieux
Jadis permiſt pour venir en la foy
Que nul auroit parfait pernicieux
La france terre:appartenāt au roy.

℃La terre fut en toutes ſaiſons
France ꝫ fertille/en biens teſſement tēdre
Quon peult prouuer par diuines raiſons
Qua liberte a voulu touſiours tendre
Le nonobſtant que moyen ꝫ compas
Diſent quelle eſt du primitifue pas
Le qui eſt faulx benoiſte el fut es cieulx
Et a obtins pour en faire le mieulx
Quelle ſeroit contre commune loy
Par le moyen du ſouuerain des dieux
La france terre:appartenāt au roy.
                    Renuoy.
℃Prince du puy prenes haches ꝫ pieux
Picques/ꝫ dardz/bombarde ꝫ eſpieux
Car toute ainſy comme ie croy

Deffendre icy/z aussi en tous lieuy
La france terre:appartenant au roy.

(M).Nicolle Turbot.

C Chant royal.

Ontez au puy môtez grand ptolomee
Et declairez en Voftre chant royal
Pourquoy Marie eft cler foleil nômmee
Au texte faint de fon amy loyal
Jadiz portant Ung foleil en figure
Qui fa beaufte de fa dame figure
Pourtant quil eft ocil du monde nômme
Des caldeens/cueur du ciel furnômme
Lefquelz Voyantz que fe foleil tout môde
Et neft monde/ ont comme dieu claine
Le hault foleil:qui fuict fur tout fe môde

Sa fphere au ciel deffoubz troys informee
Et deffus troys plus luyfant que criftal
Fut en clarte du fouuerain formee
Produifant lor/trefprecieufy metal
Et nôobftant que par fefclipfe obfcure
Que fe foleil par fon cler ray on cure
Le corps lunaire eft a nuyct conforme
Si feit de dieu fe beau foleil forme
Dedês fa fphere en haulteur fi profonde
Que Umbre na pas actaint ou deforme
Le hault foleil:qui fuict fur tout fe monde.

e.

℃ Saturne au temps que Eue comme affamee
Eη aries pzint du fruict cozdial
Commença laage eη peche diffamee
Soubz qui regna le damne bestial
Mais le soleil des haultz cielz fozuature
Commença laη qui remist eη nature
Le gerre humaiη:pour soη peche blasme
Et lozs regna le roy si enflame
De charite:dont grace a nous redonde
Quil monstra bieη sur tous astres fame
Le hault soleil:ꝗ luit sur tout le monde

℃ Il faict le iour contre la nuyct fermee
Cest nostre dieu:seloη le sens mozal
Il luyt sur mer ou sa fozce enfermee
Fozme la perle/ꝗ pzoduit le coural
Il tend ses rays sur fange ꝗ sus ozdure
Le neātmoins tousiours put cōe ozdure
Par luy le ciel est a nous defferme
Par le midy eη clarte conferme
Ou la beaulte de lozient se fonde
Maint astrologue a tout cler afferme:
Le hault soleil: qui luyt sur tout le monde.

℃ Lozs que phaetoη daudace fozt blasmee
Doulut regir ce soleil Virginal
Le ciel ardoit terre estoit enflamnce
Quant daussi hault cheust au lac infernal
Adonc phebus pzenant la charge ꝗ cure
Ou beau soleil qui Vie a tous pzocure
Ne permist pas que ainsy fut oppzime

Ains le printemps par ses rays exprime
Rendit la terre en seste si feconde
Quon veit phaeton nauoir pas deprime
Le hault soleil:qui luyt sur tout le monde.

Renuoy.

℃ Prince selon ancienne escripture
Dont maint autheur faict auiourdhuy lecture
Abraham fut le premier reclame
Auoir comprins des cieulx la sphere ronde
Et en son cours chief diceulx proclame
Le hault soleil:qui luyt sur tout le monde.

Par Guillaume Thybault.

℃ Chant royal.

Colu̅na dei viuentis.de qua Exod viii.
Es ennemys de la chair virginale
Sont a grand honte abolis ꝗ vaincuz
Le hault seigneur en bataille finale
Leur a rompu/lances/picque ꝗ escuz
Et deuant luy sont demourez percuz
Sur la coustumne ou la vierge est congneue
Portant de iour couleur de blanche nue
Et par la nuyct iectant feu lumineux
Ses vrays amys en la nue el conforte
Et garde au feu contre aspidz veneneux
Du hault seigneur:sa coustumne tresforte.

℃ La blanche nue en sentence morale
Representant grace aux cueurs delle infuz
Menoit hebreux plains de fierte rurale

Par les desertz:qui se tenoient confuz
Si de la nue ilz euſſent faict refuz
Du dieu eη gloire/ɤ eη boiɤ entendue.
Manne donnoit des haultz cieulɤ descendue
Pour ſubſtanter ſes poures crimineulɤ
Et pour monſtrer/que celuy queſſe porte
Conduyt ſans choir par deſertz eſpineuɤ
Du hault ſeigneur:ſa couſumne treſforte

℃ Le ſeu eη elle ardant ſans interualle
Amour diuiη eſt dit pour ſes bertuz
Dont la tempeſte/ɤ ſa fouldre deualle
Sur les ſerpentz/contrefaictz ɤ tortuz
Deſſoubz les piedz de la bierge abbatuz
Ce que monſtra par figure preſceue
Pharaoη roy quant ſuy fuſt apperceue
Ceſſe columne eη feu ſi merueilleuɤ
Queη my ſa mer/apres ſa bertu morte
Sentiſt brouyr ſur ſoη chef orgueilleuɤ
Du hault ſeigneur:ſa couſumne treſforte.

℃ Si forte fut ſur ſa force infernalle
Que infernaulɤ ſont par elle rompuz
Si forte fut/par bertu cardinalle
Quoη boit ſans elle humains tous corrumpuz
Qui touteſſoys reſtaurez ɤ repeuz
Se ſont iadis de manne delle yſſue
Si forte fut que le mal rigoureuɤ
Iadis cauſe de ſa ſerpente torte
Na faict branſer par peche douloureuɤ
Du hault ſeigneur:ſa couſomne treſforte.

℃ Le hault seigneur plain damour cordialle
Voyant a paine humains par faulx art deuz
Descend en elle ⁊ soubz loy specialle
Descouure a nous ses misteres arduz
En nous rendant biens de grace perduz
Par le transgrez Deue salle ⁊ polue
Cest la coustumne en nostre esglise esleue
Pour Vaincre erreur côtre elle impetueux
Cest la cousomne ⁊ la celeste porte
Celle qui rompt le serpent tortueux
Du hault seigneur: sa cousûne tressorte.

Renuoy.

℃ Prince du puy pour conclusion deue
Force aduersaire est par elle fondue
La main de dieu q̃ ioint la terre aux cieux
En vne Vierge auecques foy sassorte
Pour denoncer sans reprise en tous lieux
Du hault seigneur: sa coustumne tressorte.

Par Guillaume thibault.

℃ Ie figure a mon chant royal
La Vierge a vng regne loyal
A la tour sa conception
Sa pure innocence a syon
Le chastelain lespzit sainct faict
Qui sathan tyrant a deffaict.

Chant royal.

E sier tyrãt chef de la grosse armee
Qui tiết soubz luy maîtz puyssãtz roys ⁊
Lôq̃se iadis le mõde a maї armee   (ducz
Dont maint royaulme ⁊ fiefz furết pdus

Et obligea tous humains esperduz
Au grand tribut/de soy de mort/q̃l porte
Et faict escripre es citez sur sa porte
Mais en faisant par le monde son tour
Dessus sa terre ou paiy faict tributtaire
Trouua escript contre vne forte tour
Le regne franc:de sa loy tributaire.

⊂ La tour estoit a double clef fermee
Du dieu auoit ses tresors descenduz
Dedans veilloit forte bende enfermee
Armee en blanc tenant ses arcz tenduz
Les estendarcz estoient hault estenduz
Le chastellain ses gensdarmes conforte
Pour ce tyrant destourner a main forte
Qui pretendoit tenir siege a lentour
Et se clamer du lieu proprietaire
Mais a son dam il congneut au destour
Le regne franc:de sa loy tributaire.

⊂ Le fier tyrant vne pomme imprimce
En son escu portoit soubz droitz indeubz
Lequel iura que la place exprimce
Et les souldartz seroient a luy renduz
Quant vng herault sur ces motz entẽduz
Par le grand roy deuers luy se transporte
Et mandement sur la loy luy apporte
Qui contenoit soubz le seau lan ℊ iour
Que dieu du ciel roy du lieu salutaire
Susisteroit contre luy sans seiour:
Le regne franc:de sa loy tributaire

En ce franc regne est la cite famee
Dicte Syon fondee es montz arduz
La terre entour/sans labourer semee
Côtre la fain dône grains es têps deubz
Les murs en sont:par armes deffenduz
Justice faict que loy de grace en sorte
Gardant que loy de mort ne si assorte
Et le grand roy:hardy comme lautour
Signe du liz:plain de cueur voluntaire
Promet deffendre en son royal attour
Le regne franc:de la loy tributaire.

Quant ce tyrant remply dire enflâmee
veit ses escriptz de la loy confonduz
Et feit marcher sa cohorte affamee
Contre le regne:z ses droitz pretenduz
Le chastelain deuant qui sont fondus
Maintz cueurs felons feit sortir sa cohorte
Et tellement pour batailler leyorte
Quil se renuerse au son du grand tabour
Pour le chasser en place solitaire
Puis fit chanter par leglise z labour
Le regne franc:de la loy tributaire.

                Renuoy.
Regne eternel:dôt la gloire nest morte
Que dauid roy regner sur tous rapporte
Tu es sans fraulde:z sans aultre faulx tour
Regne sans fin:que lange secretaire
Du roy des roys appelle a son retour
Le regne franc:de la loy tributaire.

Chant royal/faict du gros excés
Promeu contre la saincte Vierge
Par belial denfer consierge :
Mais au poinct de diuin acces/
La Vierge gaigna son proces.

Uant Belial procureur infernal
Au tribunal de la court eternelle
Porta iadis contre honneur Virginal/
Larrest final/de loy originelle :
Disant Marie estre comprinse en elle :
La fut Jesus portant en armarie
Justice & paix/qui fonda pour Marie
Et presenta faictz escriptz de son doy
Marquez vng toy/dont la cause intentee
A la raison la court verroit pourquoy
De la grand loy/Marie est exemptee.

Au iour terme/soffre cueur filial
Conseil loyal/qui deuant tous rapelle
Lerrant propos/& conseil bestial
De Belial : puis apres se compelle
Respondre aux faitz/que a tort sauly nappelle
Lesquelz ouys/la court par voix vnie
Recoipt iceulx/dont la cause est munie
Apres lesquelz/bien reueuz apart soy/
Des gens du roy : partie est acceptee
Prouuer par eulx : quen droit & bon arroy :
De la grand loy/marie est exemptee.

Mainte figure escripte au sens moral :

Et literal verite supernelle:
Lettre du roy contre edict general:
Filz liberal/leglise solennelle
Et honneur deu:a chambre maternelle :
Le sont les faictz/sur lesquelz sans enuye
Desir ardant:qui encore est en vie
Enquist comment dieu a faict sans desroy
En ce terroy de nature infectee:
Que malgre vice:ɋ son cruel effroy:
De la grand loy:Marie est exemptee

C Lenqueste mise en ordre special
Soubz seau royal:ioinct le verbal libelle:
Jesus qui scait le stille imperial
Et curial:au greffe pour la belle
Clost le proces contre lacteur rebelle
En quatre sacz:fung ou grace infinie
Les chartes mist de sa loy diffinie:
Lautre dhonneur:que nõmer premier doy
Le tiers de soy:en ses faictz redoubtee:
Et le quart daide: auquel comme ie voy꜀
De la grand loy:Marie est exemptee

C Amour remply desprit sainct ɋ vital
Erreur brutal delaissant qui chancelle
Fist son reflect:sur le poinct capital
Du faict total:puis la court qui ne cesse
La verite:declaira ceste ancelle
Sans ce pethe:qui en tous multiplie
Veu quen tous temps de grace fut remplie
(Tresdigne destre en triumphant conuoy

f

Sur vng charroy de ce tiltre eȝaltee
Par priuilege/ꝗ par diuin ottroy:
De sa grant soy:Marie est eȝemptee.
       Renuoy.

℧ Prince facteur condampne au deffroy
Sen retourna vers linfernal beffroy
Quant il ouyt sa sentence arrestee:
Cest que a bon droit sans appel ou renuoy
De sa grand soy:Marie est eȝemptee:
        M.Guillaume Tibault.

     ℧ Chant royal.
Le roy Xerses magnanime ꝗ puissant
Apres quil eust ses ennemys deffaictz/
Pour soy mõstrer en scauoir floriffant:
Les ieuȝ deschetz/il a rendu bien faictz
Et a construict eschiquier sumptueuȝ
Pour recreer les hommes luctueuȝ
Estans captifȝ/auȝ folȝ leurs ennemys
Qui prenoyent tout:mais le roy ses a mis
En tel subiect/que de leur entreprise
Par bonne garde:ꝗ aussi bons amys
La royne fut:eȝempte destre prise.

℧ Le roy estoit lesditz folȝ regardant
Qui sefforcoient par pouoir ꝗ par faictz
Que ledict roy ne seroit ia gardant
La belle royne/estant sur tous parfaictz
Constituee au lieu solacieuȝ/
Lors reseruee au roc tant gratieuȝ/
Qui congnoissoit alors estre promis/

Pour reparer/le grant forfaict commis
De par les folz/dont fans eftre furprife
Et nonobftant/tous les moyens premis
La royne fut eyempte deftre prife.

℃ Puis cheualiers/chafcũ au cueur Vaillãt
Ont regarde defditz folz les meffaictz:
Parquoy chafcun eŋ foŋ faict trauaillant
Seft mis eŋ champ pour foubftenir le faiz
Dont par ottroy du roy Victorieuy
De foy garder/ilz furent curieuy:
Car tellement ilz ont efte conduptz
Et eŋ Vertu parfaictement induptz/
Que ouftre fa foy toute raifoŋ comprife/
Pour abollir les ennemys mauldictz:
La royne fut eyempte deftre prife

Et au furplus le ducteur congnoiffant
Qui preucoit par fes prudentz effectz
Que lefdictz folz par effect rauiffant
A celle royne impropererent forfaictz
A mis pions auy fieuy aduantageuy:
Lequel ont pris par Vng Vueil courageuy
Pour contredire a fes folz interdictz
Rendus confuz/fans aufcun contredictz:
Dont eŋ apres/fans erreur ou reprife
Pour les raifons ↄ effectz deffufdictz:
La royne fut:eyempte deftre prife.

℃ Par fedict roy/dieu le pere eypofant
Suis ↄ feray le roc pour fes bienffaictz

Cest Iesuchrist qui a este posant:
Pour satiffaire a noz parens infectz
Les cheualiers:sans faict sedicieux
Cest grace infuse au concept precieux:
Et les pions:selon les motz preditz:
Ce sont Vertuz du diuin paradis:
Desquelles fut la royne tant esprise:
Quoy pense bien dire oultre cõmuns editz
La royne fut:exempte destre prise
     Renuoy.
C Prince du puy:faictes crier par ditz
E checq ꝗ mach.elle estoit bien aprise
Quant desse ont dit par sermons eruditz
La royne fut:exempte destre prise
     (A). Nicolle Turbot.

    C Chant royal.
Dꝰ les arbres furẽt seches dyuers
 Lors que regnoit la constellation:
 Dont les humains auoient assault dyuers.
Et estoient mis en tribulation
Puis en apres deliberation:
En soy esseut la saincte trinite:
Pour reparer ceste captiuite :
En produysant vng arbre fructueux
Auquel les ventz ne firent violence
Mais fut tousiours par effect vertucux
Le laurier verd:tout beau par excellence.

C Le laurier eut en soy troys rameaulx verdz
Preseruatifz de putrefaction:

Dinfection/dordures/ȝ de vers.
Au bel inſtant de ſa production:
Par le hault don de preſeruation.
Lequel obtint de ſa diuinite
Qui le preueu/eu lieu damenite
Pour deliurer les humains langoureux
Eſtans captifȝ/ȝ plains de peſtilence;
Quãt fut produict p̃ vng vueil amoureux;
Le laurier verd;tout beau par eycellence

C Lors les arbres eſtoient tous deſcouuers
Fors le laurier/qui eſt du hault Spon
Le pur ſpon qui les a recouuers
Par le moyen de ſa conception:
Inception de benediction
Salutation/pour toute humanite;
Virginite/ioincte en maternite;
De deite/le repos precieux
Des haultains cieulx/lhõneur ȝ preceſſece
Leycellence/contre maficieux;
Le laurier verd;tout beau par eycellence.

C Les troys rameaulx/dõc iay parle aux
Deſſus eſcriptȝ eſt leypoſition: (vers.
Que noſtre dieu confundant ſes peruers
A impartir que de poſſution
Sa mere auroit totaſſe eyemption:
Lilluminant de ſaincte purite
Dhumilite/ȝ de ſa charite
Pour ſurmonter le ſerpent veneneux
Dont demoura en ſa preeminence

Pour reparer ses forfaictz ruyneux
Le laurier Verd:tout beau par excellence.

℃ Les cieulx haultains/sont maintenat ouuers:
Confondue est sa malediction
De noz parēs/ꝗ leurs maffaictz couuers
Aussi les Ventz prennent cessation
Leur action/est a destruction:
Conclusion/par sa benignite:
Et dignite/obtient sublimite
Malignite/ne les faictz Vicieux
Estans causes par premiere insolence
Ne peurent oncques rendre contagieux
Le laurier Verd:tout beau par excellence
                Renuoy.
℃Prince du puy/mandes en audience
Solempniser ce concept gracieux/
A tous humains/plaisir solacieux:
Lintitulant selon bonne eloquence
Le laurier Verd:tout beau par excellence.
                M). Nicolle Turbot.
                ℃ Chant royal.
Our triumpher sur sa morsure austere
Le roy des roys fut iadis fundateur
Dūg cloistre sainct ꝗ deuot monastere:
Faict pour son filz/le dieu triūphateur
Lequel en fut abbe/maistre ꝗ pasteur/
Et protecteur sur toute region:
Mettant dedans ordre ꝗ religion
Pour enuncer la Vipere infernale/
Et accorder auec dieu nature

Affin quil fut en rigle virginale
Cloiſtre de paix: ſans enuye ⁊ murmure:

℄ Le fondement qui eſt pierre angulaire/
Prinſe au rocher de dieu le createur
Luy a donne forme quadzangulaire/
Paſſant les cieulx en ſublime haulteur/
Si beau fut faict quoncques reformateur/
Ny veit couleur de reprehenſion:
Car par edict ⁊ repromiſſion
Fut par deſſus ſa reigle generalle
Faicte aux humains par ſantique morſure
Pour eſtre dict par grace ſpeciale:
Cloiſtre de paix:ſans enuye ⁊ murmure:

℄ Pour preſeruer ce ſaint lieu ſolitaire
De leſguillon du premier temptateur
Le ſainct eſprit vray amour ſalutaire
En fut prieur/⁊ vray preſeruateur:
Et de vertus liberal donateur
Pour reſiſter a ſa rebellion
De lorgueilleux ⁊ deuorant lyon
Et ſefforcoit de ſa dent deſlopaſle
Et plumer ſinuincible cloſture.
Du lieu nomme/par loy imperiale:
Cloiſtre de paix:ſans enuye ⁊ murmure.

℄ Par ces bienffaitz tāt ſceut a dieu cōplaire
Quil en voulut eſtre humain viateur
Voyant en luy la rigle ⁊ leyemplaire
De charite plaiſante au redempteur

Chapitre y est sans aucun correcteur
Obedience/humble deuotion
Silence y regne en contemplation
Annichilant abusion claustrale:
Et chastete y tient sa prelature
Monstrant quil est plain de Vertu morale
Cloistre de paix:sans enupe & murmure.

℄ Dieu la fonde/sans estre tributaire
A la debte du preuaricateur
La preseruant de la loy ordinaire
Du pere Adam/du fruict Vsurpateur
Cest le lieu sainct/ou le haust plasmateur
A prins lhabit/pour souffrir passion:
Luy conferant par preseruation
En purite fondation royalle/
Pour leyempter dhumaine forfaicture
Le preuoyant par amour cordiale:
Cloistre de paix:sans enupe & murmure.
        Renuoy.
℄ Cloistre adorne de Vertu cardinale
Tu es plus cler questoille orientale:
Cloistre ferme/cloistre entier sas fracture
Cloistre chassant la nupct occidentale
Cloistre de paix:sans enupe & murmure.
        M:Iacques du Parc.

        ℄ Chat royal du Virginal cloistre
        Eyempt de tache Vicieuse
        Construit de pierre precieuse/
        Donc nostre sauueur Voulut naistre.

⸿Aultre chant royal.

⸿Passans/entendez biens les dictz
De ce par faict en chant royal:
Que tout bon seruant ⁊ loyal/
Doibt appeter/cest paradis.

Ng bon pasteur/de bercail amoureuͬ
Feit ung beau parc en sa terre loigtaine
Auquel estoient des arbzes plantureuͬ
Pour croistre mieulͬ aupres dune fōtaine
Qui arrousoit ce sieu damenite
Auquel il mist par sa benignite
Son beau bercail pour paistre sainemēt:
Le herbergeant en ce sieu propzement
Pour engendzer prouffitable ouicuse
Qui produproit miraculeusement
La bzebiette/⁊ laigneau sans macule

⸿Dedans ce parc plaisant ⁊ amoureuͬ/
Dont le bercail nauoit tache vilaine
Vint ung grant loup caut ⁊ malicieuͬ:
Cōme enupeuͬ/ Vlser a grosse alaine:
Pour le submettre a toute aduersite
Car il luy feist par sa ferocite
Changer pasture/⁊ repaistre aultremēt
Quil ne debuoit/donc mozdist tellement:
Que tout son gerre il infaict ⁊ macule:
Et nen sont hozs que deuͬ tāt seulemēt:
La bzebiette:⁊ laigneau sans macule.

⸿O mauuais mozds/amer ⁊ perisseuͬ

f.

Dont le bercail encourust mort certaine
O mauldict loup/predateur merueilleux
Veu du pasteur de sa loge haultaine
Qui tout permect pour mieux sa charite
Manifester:҃ sa sincerite
Dune autre ouaille en son tẽps plainemẽt
Qui ne seroit pollut aucunement
Par sa premiere en quelque particule:
Mais procree en beaulte purement
La brebiette:҃ laigneau sans macule.

℃ Le pasteur donc bening ҃ gracieux
Qui son bercail au droit chemin ramaine
Pour repeller ce loup pernicieulx:
Mist de bõs chiens au tour de son demaine
Qui ont trouue en la posterite
De ce bercail en toute purite:
La brebiette en son commencement
Pour mieulx nourrir sõ aigneau nectemẽt
Car ce pasteur qui bien veille ҃ specule
Auoit garde tousiours secretement
La brebiette:҃ laigneau sans macule.

℃ O doulx aigneau du bercail biẽ eureux
Quant tu souffris pour mortelle paine:
O brebiette au troupeau langoureux
Donnant secours ҃ medicine saine
Vous estez francz de toute impurite
Car les bons chiens qui cerchent verite.
Chassans le loups/villans si faulcement
Vous sont trouues pasturans seurement

Entre les siz soubz vng beau fascicule
De pure amour pour monstrer clerement
La brebiette/τ aigneau sans macule.

Renuoy.

℃ Prince pasteur ie vous prie humblement
Lachez voz chiens sur telz loupz hardiment
Acelle fin que plus on ny calcule:
Puis quil suffit bien croire τ fermement
La brebiette/τ aigneau sans macule.

(Ꝉ).Jacques du Parc.

℃ Chant royal de deuotion
Qui la Vierge royne cesique
Prouue belle en conception
Par le beau salut angesicque.

Aue.

E te salue en toute reuerence
Dame regnant pres de la trinite
Ainsi que feist soubz humaine apparēce
Lange orateur de la diuinite
Quant il changea Eua nom vicieux
En ce salut aue tant gracieux
Pour te monstrer sans mal de coulpe amere
Que nous transmist Eue de douleur mere:
Donc iustement contre tous faulx libelle
En ce sainct iour leglise te reffere:
De vng filz tout beau:sa mere toute belle

Gratia plena.

℃ Plaine de grace τ en telle affluence
Fus en concept donc de purite:

Que de toy prent grace par refluence
Le pere Adam & sa posterite:
Si quelque temps Adam sedicieulx/
Eust mis en toy peche pernicieulx:
Tu ne auroys pas de dieu grace plaine
Ne de Vertu porterois sa baniere
Qui le peche originel debelle
Contre lequel tu fus mis en frontiere
De Vng filz tout beau:sa mere toute belle.

Dominus tecum.

℄ Le hault seigneur/pere de omnipotence
Est auec toy Vierge en maternite
Le hault seigneur & Vraye sapience
Est auec toy par consanguinite:
Le hault seigneur/de toy tresamoureux
Fut auec toy en ton concept eureux
En te donnant clarte par sa lumiere:
Qui te rendist sans seconde ou premiere
Aussi tu fus sa pure columbelle
Quant il te feist par oeuure singuliere
De Vng filz tout beau:sa mere toute belle.

Benedicta tu in mulieribus.

℄ Benoiste es tu par diuine excellence:
Sur toute femme ayant auctorite
Si dieu Voulut par sa begniuolence
Eue former sans quelque impurite
Qui feist Vers no⁹ les cieulx tãt rigoreux/
Quon la descript mere des douloureux
Il deuoit bien garder de Vitupere
Ton saint concept/par qui lhomme prospere
Car dieu te Veit contre sathan rebelle /

Auant quil feit des cieulp aoznes la fphere
De Vng filz tout beau:la mere toute belle.
      Et benedictus fructus ventris tui.
C De ton fainct ventre apant telle innocence
Quil conuenoit a facree vnite
Le benoift fruict/eft la diuine effence
Joincte a ton fang a pure humanite
Ton benoift filz eft fur tous fpecieup
Son pere eft dieu aup cieulp folacieup
Tu es doncques mere fans impzopere:
Efpoufe auffp pzinfe de dieu le pere
Lozs que congneuz de lup eftre humble anceffe
Parquop le feit par vng fecret miftere
De vng filz tout beau:la mere toute belle.
      Jhefus.
C Jhefus le fruict de ton ventre a des cieulp
Le faint des fainctz:et benoift en tous lieup
Qui te pzouua fur toute femme entiere
Quant vint en top la grace trefoziere
Ducille mener ceulp en gloire eternelle
Qui te diront par falut/ou pziere.
De vng filz tout beau:la mere toute belle.
      A. Jacques du Parc.

      C Chant ropal.
E trefgrant rop apant biens a puiffance/
A vng fien filz donna vng heritage
Noble en frac fief:riche a beau a plaifance
Plain de tous fruictz a epempt de feruage
Le fimple filz de cueur affez vollage
Creuft de legier au blafon dung vanteur

Et fut son lieu par ce subtil menteur
ypotheque et vendu sans enchere
Marie y vint quant congneut ses fins tours
Qui se clama ꝗ comme lignagere
Elle a retraict le franc fief par desbours

℃ Le fin menteur qui auoit acointance
En basse court feit mettre en bailliage
Tout le proces:puis eust sa recreance
Sans replicquer ou dire aultre langaige
Pluto iugea que auroit le patronnaige
Du noble fief ꝗ quen seroit seigneur
Quant vint la vierge en proposant derreur
Qui appella de luy ꝗ la matiere
Meist au pallais ou elle auoit recours
Tant a suyui que par raison planiere
Elle a retraict:le franc fief par desbours.

℃ Le seducteur qui eut la congnoissance
Quelle venoit/ vint guecter au passaige
Pour la rober:mais passa sans nuysance
Portant son prix garny ꝗ dauantaige
Puis appella du gros tort ꝗ oultraige
En cas dabuz arguant la valeur
De iuste prix ꝗ soubz saincte couleur
Son fief vendu pour vne pomme amere
Dont son plaignãt de ses cõtratz tãt lourdz
Par suyuir droit et conseil de son pere
Elle a retraict:le franc fief par desbours.

℃ Misericorde eust tost apparceuance.

De ce proces qui vint dung gros couraige
Solliciter auec foy esperance
Et charite soy disant du signaige
Dame oraison:dung hault stille & ouurage
Feist le recit soustenant sa clameur
Iuste en rendant prix qui est trop meilleur
Humilite dung vray cueur debonnaire
Portoit les sacz:paix luy donnoit secours
Le proces veu du hault iuge ordinaire
Elle a retraict:le franc sief par desbours.

C Decide fut par diuine ordonnanee
Que ce trompeur en luy faisant hommaige
Rendcroit son fief en plaine ioyssance
Les vsufruictz possessore & vsaige
Pour reparer toute perte & dommaige
La vierge offrit le trescher prix dhonneur
Son silz qui fut de luy mesmes donneur
Malgre pluto le faulx iuge aduersaire
Combien quen fut fort despit & rebours
De par larrest sans plus dire au contraire
Elle a retraict:le franc sief par desbours.
　　　　　　Renuoy.
C Prince le prix pour rauoir ce faulteur
Le poure Adam le hault dieu createur
Lauoit baille en fin or salutaire
La vierge feit en or qui lors print cours
Le beau payement duquel sans riens eytraire
Elle a retraict:le franc sief par desbours.

　　　　M.Innocent Tourmente.

℄Lozfeubze est dieu/duquel Adã pert locuure
Dont Joachim de ses Vieilz metaulx oeure
Et Marie est/le tout beau desire
Lequel auons/si long temps desire.

Ng grãd ozfebure apãt de to° metaulx
Pour le prouffit de tout le bien publicq
Et Vng ouurier pour forger a sõ taux
Oz ꝗ mõnope au pois de soz cesique
Comme louurier/a la fonte sapplique
Pensant auoir par tout bien entendu
Voit son metal sur la terre estendu
Lalloy perdu/sans plus estre metable
Dont fort marry/cest ozfebure Voulut
Forger ꝗ mettre en cours moult prouffitable
Le desire:en fin oz de salut.

℄A ung ouurier bailla coings ꝗ marteaulx
Luy deuisant son affaire autentique
Lequel apant mettaulx bons ꝗ loyaulx
Les mect en ouure en sa maniere antique
Le grand ozfebure expert en sa praticque
En Visitant ce mettal/la rendu
Net pur sans roul/comme auoit pretendu
Auquel il meist pour estre perdurable
Oum alloy que aulcun roul ne polut
Et par lequel est faict inuariable
Le desire/en fin oz de salut.

℄De la grand court apant lettres ropaulx
Le grand ozfebure en grace magnifique

Fist publier par villes e chasteaulx
Le desire faict doeuure deisique
Monstrant quil est du grant roy pacifique
Que tous humains auoient tant attendu
Le nonobstant/daulcuns ont contendu
Disantz/lalloy inique e deceptable
Mais iamais nul tant improuer valut
Quon ne substiëne en to° lieux recepuable
Le desire:en fin or de salut

℄ Le duc dorgueil oyãt ses cris nouueaux
Par son astuce/e art dyabolicque
Voulut casser rompre lettres e seaulx
En soustenant le cry tout a loblique
Le desire auoir de la relicque
Du vieil mettal/ou len sauoit fondu
Mais par raisons fut apres confundu
Quant on luy dit/que du mettal ouurable
Tout le vieil roul cest or sebure tollut
Premier quil feit par sa loy admirable
Le desire:en fin or de salut.

℄ Aulcuns sont miz pour espreuue aux cyseaulx/
Voulant tenir par leur dit erronique
Que la couleur que auoit prinse aux fourneaux
Est dor bruny quasi tainct plutonique
Mais par cyseaulx/ou par leur faict inique
Le desire ne fut iamais fendu
Parquoy la court:depuis a deffendu
Plus reprouuer lalloy tant secourable
Veu quil apporte a tous humains salut

g

Et duquel est de prix incomparable
Le desire:en fin or de salut.

Renuoy.

Prince/qui a tout son mettal perdu
Den demander/fault il estre esperdu
Le grand orfebure est assez charitable
Il en est tant/τ plus quil nen fallut
Quant il forgea en son coing veritable
Le desire:en fin or de salut

M.Innocent Tourmente.

Chant royal.

Jeu qui voulut prēdre humaine nature
Auoit donne en son eternite
Degre donneur sur toute creature/
En purite/en grace τ dignite
Au sang esseu pour sa diuinite/
Decentement iucarner en Marie/
Quil fist porter de beaulte sarmarie
De sainctete τ benediction
Tant icy bas/que au celeste demaine
Monstrant quelle eust par preelection
Conception/plus diuine que humaine

Diuine fut/quant a la geniture/
Ou vng seul dieu viuant en trinite
Conceupt/τ vit toute chose future
Comme presente/τ par benignite
Luy fist honneur Deue a maternite
Sur tous creez/comme a sa chere ampe:
Que sur tous sainctz/en ame τ corps premye

Selon leffect de sa perfection/
Quil preesstut sur toutes souueraine
Luy conferant par noble affection
Conception/plus diuine que humaine:

¶ Humaine fut/ainsi que de droicture
Nature ordonne a toute humanite/
Fors que es parens danciennete stature:
Dieu confera contre sterisite:
En tout honneur saincte fertisite:
Et leur donna volunte si munie
De son amour/que a luy seul fut vnic:
Parquoy appert/que sans infection
Leur oeuure fut de sorte si haultaine:
Que la Vierge eust soubz sa protection
Conception/plus diuine que humaine

¶ Diuine fut/puis que la forfaicture
De Eue & Dadam ny causa visite
Et quelle a eu selon saincte escripture
Grace par qui elle a debisite/
Le fier serpent plain de subtisite/
Lequel deceupt Eue par son enuye:
Car en plaisir/& en ioye assouuye
Elle enfanta sans malediction
De peine auoir:parquoy raison certaine
Dict quelle obtint par don deyemption
Conception/plus diuine que humaine.

¶ Humaine fut/sans sentir la poincture
Du mords causant a tous mortalite:

Quant Joachin euſt de grace ouuerture
Pour moderer toute fragiſite/
Et Anne obtint parfaicte humiſite
Riglee a dieu/qui ſur tous ſeigneurye
Parquoy ſa Vierge en ſa beaulte floryt
Prenant ſe don de preſeruation:
De tout peche a eſte touſiours ſaine
En obtenant par conſeruation
Conception/plus diuine que humaine.

Renuoy.

C Conceue eſſe fut par humaine action
Et par diuine/en faiſant paction
Entre homme ꝗ dieu ayantz mortelle hayne
En obtenant ſans imperfection
Conception/plus diuine que humaine.

Maiſtre Pierre ſe Cheualier a eu ſe
ſiz pour ſe prix debatu.

C Qui Veuſt ce chant entēdre ſainemēt:
Le bon ſeigneur/ceſt dieu du firmament:
Et ſa tauerne/ceſt ceſtuy mortel monde
Les Vins ſont dons de grace pure ꝗ monde/
Deſquelz Adam euſt ſa garde en ſes mains:
Par ſes Vaiſſeaulx/ſentendent ſes humains
La lumiere eſt raiſon ꝗ Verite:
Et ſa ſeruante eſt ſenſualite
Le beau Vaiſſeau/ qui ſur tous ſeigneurie
Plain du bon Vin de grace ꝗ charite
La toute beſſe/ꝗ treſſaincte Marie.

C Chant royal.

E bon seigneur/qui le logis gouuerne/
Du tiend a pend/lenseigne de lestelle:
Voulut iadis en sa belle tauerne
Debiter vins de saueur immortelle:
Plusieurs vaisseaulx en mist soubz la tutelle
De son seruant/luy commendant souuent
A les garder de coullage a desuent
Et quil veillast pour mieulx les conseruer
Que aucun ne vint les rober par fallace:
Car pour luy seulil vouloit reseruer
Le beau vaisseau.plain de bon vin de grace.

¶ Le bon seigneur/qui tout voit a discerne:
En son celier mist la lampe ou chandelle:
Mais la seruante y vint qui la lucerne
Tourna au vent/a le seruant fidelle
Tant suborna/qui fut amoureux delle
Dont pour luy plaire/il moilla tant la dent
Quil senyura comme vng homme imprudent:
Et tellement se souffrit enyurer.
Que tous les vins laissoit courre en la place/
Quant le seigneur y vint pour preseruer
Le beau vaisseau:plain du bon vin de grace.

¶ Car vil pecke seruiteur de tauerne
Auoit destaind sa lampe par cautelle:
Et pour remplir le tresprofund auerne:
Tous les vaisseaulx perçoit par façon telle
Que tout couroit a la fosse mortelle:
Quant ce seigneur veit ce faict violent/
Mist hors son serf/qui en fut moult dolent

Puis les Vaisseaulx alla tous esprouuer:
Et nen trouua que Vng qui fut de passe
Quil Veult sur tous pur ɋ nect approuuer
Le beau Vaisseau:plain du bõ Vin de grace

¶ Long temps laissa en profunde cauerne:
Iceulx Vaisseaulx plains daigreur criminelle:
Poussez/puantz/platz comme eau de cisterne
Tous esuentez par coulpe originelle:
Mais pour monstrer sa bonte eternelle
Au poure Adam son seruant fist present
Du beau Vaisseau de ce peril exempt
Qui fut ioyeulx dung si bon Vin trouuer
Souef/delicat/plus cler que Vne thopace
Iadis esleu pour les autres saluer
Le beau Vaisseau:plain du bon Vin de grace

¶ Du sacre Vin dont ce Vaisseau moderne
Est si tresplain quil desflue ɋ ruycelle
Tous les Vaisseaulx par la bonte superne
Furent remplis de grace Vniuerselle:
Et restablis en Vertu qui precelle:
Dont le seigneur en fut si trescontent/
Qui les mist hors de ce danger patent
Pour es celiers celestes les leuer
A ceste fin que sa grand feste on face:
Ou en lhonneur Veult sur tous esleuer
Le beau Vaisseau:plain de bon Vin de grace
          Renuoy
¶ Prince/Iesus le roy omnipotent
De ce bon Vin deu/chascun boire tend

Fut consacre pour tous noz maulz lauer:
Et au Vaisseau donna telle efficace/
Quon le doit dire (contre tous prouuer
Le beau Vaisseau: plain de bon Vin de grace

Par Leygnon de Dieppe

CHant royal.

Ieu par Moyse en exaltant sa gloire
Iadis fist faire Vng Vestemēt dhōneur
Tout sainct (beau en signe de memoire
A la deuise (Vouloir du donneur
Pour plus Aaron de son peuple ordōneur/
Hault decorer de plaisante Vesture:
Luy commēndant quen matiere (texture
Fut dor:de pourpre: Hiacinthe a plaisir
Frenge en bas:a dextre (a senestre
Pour assouuir selon lhumain desir
Le Vestement precieux:du grand prebstre.

CLe Vestement auquel dieu tant hōnore
Lestuy grād prebstre (souuerain pasteur
De sa famille (peuple qui ignore
La Verite:dont luy legislateur
Au bon Moyse estoit reuelateur
En ses couleurs auoit deux foys taincture
Bauldrier dessus luy seruant de ceincture
Tympanes bas pour le peuple aduertir
Hault chaines dor pour plꝰ beau apparestre
Affin de mieulx acoustrer (sortir
Le Vestement precieux:du grād prebstre.

¶Sa grant beaulte/en ce bas territoire:
Lors mitigeoit du peuple sa douleur/
Qui se veoit par diuin adiutoire
Tousiours garde en sa vnie couleur
Seine par rencz de pierres de valleur/
Llors daneaux dor/pour belle fermeture:
Hroude aux bors ou ny auoit fracture
Garny desmail/pour sa beaulte fournir:
Et tout double/sans macule permettre:
Qui par dedans ou dehors peult ternir
Le vestement precieux:du grand prebstre.

¶Une foys lan au tressainct oratoire:
Ainsi vestu offroit dencens lodeur
Portant au fronc en commun consistoire:
La saine dor deycellence splendeur
Ou le sainct nom de dieu causant lardeur
Damour parfaict estoit en escripture
Deux pierres hault aornoyet sa deuateur
Pour en plaisir le peuple maintenir
Le mitre au chef/τ la verge en la deytre:
Portoit aussi pour soubz sa main tenir
Le vestement precieux/ du grand prebstre.

¶En exposant mystiquement lhystoire:
Le prebstre est dieu souuerain createur:
Qui pour mieulx faire oraison meritoire/
Vers dieu son pere es cieulx imperateur
A bien voulu contre le temptateur
Faire tyssir virginale ornature
La decorant/par oeuure sur nature

De sainctete/affin de luy seruir
En tout honneur ꝗ gloire/au Val terrestre
Ou Marie est pour Sathan asseruir
Le Vestement precieux:du grant prebstre.

Renuoy.

CPrince eternel/Vueillez nous subuenir
Contre tout mal present ꝗ aduenir:
Et se le froit debuoit plus si aspre estre:
Faictes que ayons pour Vers luy nous munir
Le Vestement precieux/du grand prebstre.

Crygnon.

CLest air si pur/ que ie Veulx dire/
Lest Marie en concept sans tache
Et le port que ie nomine grace:
Jentends le diuin ciel empire:
Lair insect qui tout corps empire
Lest peche regnant lors au monde/
Le triacleur faulx ꝗ immunde:
Lest Sathan des mauluais le pire

C CHant royal.

Uant le soleil de sa gloire eternelle
Eust aux humais dõne croissance ꝗ Vie
Ung mauuais air plain de poysõ cruelle
Souffle du Vent de linfernale enuye/
Rendit la terre en tous lieux asseruye:
Dont sensuyuit famine tresorrible:
Qui sust moyen que Vne peste terrible
Lausa sur tous mort plaine de rigueur

g.

Sans y trouuer remede difface
Silz neuſſent eu pour aſpirer au cueur
Lair cſer ⁊ pur: Venant du poꝛt de grace

Deuant ceſt air:cauſant peſte mortelle
Soubz beau parler farſy de menterie:
Ung triacleur inuentif de cauteſſe:
Venant du poꝛt de la grand tartarie:
Pour preſeruer bailloit par tromperie
A lhomme ſain:delicat inſenſible ;
Venin infect au coꝛps humain nuyſible
Si que par luy chaſcun ſouffrit douleur:
Juſques a ce iour que contre ſa fallace
Dieu pꝛocrea eɳ puiſſance ⁊ Valeur
Lair clair ⁊ pur: Venant du poꝛt de grace

℃ Loꝛs que regnoit peſte ſi criminelle
La doulce Voiɣ de pitie fut ouɣe
Qui tant pꝛia la bonte ſupernelle
Que au poꝛt de grace ou cſarte eſt pſenye
De la Vapeur doꝛaiſon aſſouuye
Deite fiſt Vng air imputreſible
Qui repꝛima par Vertu indicible
Lair putrefaict cauſant moꝛt ⁊ langueur
Sur les Viuantz de ceſte terre baſſe
Tant quil ont eu pour recouurer Vigueur
Lair cſer ⁊ pur: Venant du poꝛt de grace.

℃ A ceſluy air:la cſarte immoꝛtelle
Du Vif ſoleil:qui tout air clarifie
Par ſon aſpect luy donne foꝛce telle

Que ung chascun corps putrefaict viuifie
En laspirant grans douleurs pacifie
Contre venin ꝗ tout air corruptible
Sa grand vertu est incompzehensible:
Car il est plain de si soefue odeur:
Que infection ne peust prendre en luy place :
Parquoy il est dit pour sa grand splendeur
Lair pur ꝗ cler: venant du port de grace.

Et qui plus est:sa terre vniuerselle
Par ce bon air/en tous biens multiplie:
Sa grand doulceur qui tout aultre precelle
La rend des fleurs:ꝗ de tous fruictz remplie
Par ce moyen nature est restablie
En grant sante ꝗ lyesse paisible :
Tout vil effect ꝗ cas repzehensible
Est aboly:car le vray createur
Pour restaurer en biens humaine race
voulut former malgre le triacleur
Lair cler ꝗ pur: venant du port de grace.

Renuoy.
Prince eternel de force indiuisible:
viuant es cieulx en triumphe indicible
Faitz publier par ton herault dhonneur
Quen ce douly(chant):qui tous autres surpasse
Est en concept sans aulcun deshonneur
Immacule et dit malgre erreur
Lair cler ꝗ pur: venant du port de grace

Par Guynguart appotycaire.

☞ Chant royal.

Ames dhõneur q̃ voulez voir ses tours
Du faict de guerre ꝗ tournoys de sa sice
Saissez dehors ð voz chasteaulx ꝗ toꝫs
Et venez voir sa foꝛte harpasice
Donner carriere eŋ merueisseuy effroy
Volant eŋ sair sur ung foꝛt pasefroy
Armee eŋ blanc/ꝗ a sa maiŋ sa sance
Pꝛeste a courir ꝗ iouster a ousdrance
Contre sousdars dune secte enuycuse
Pour apparoistre eŋ csere demonstrance
Foꝛte amazone:auy tournoys courageuse.

☞ Pour ses renger ꝗ surpꝛendꝛe auy destours:
Esse a tresbieŋ mis eŋ soŋ cas posyce
Dont ne pourront toucher a ses attours:
Lesditz sousdars foꝛt instruictz a masice:
Car sans trouuer eŋ esse desarroy
Par se vousoir du puissant ꝗ grant roy
Cheuasiere est de haustaine oꝛdonnance
Sans quis y ait aucune repugnance
Par quoy esse est pꝛompte ꝗ cheuasereuse
Eŋ faictz hardyz dheroique puyssance:
Foꝛte amazone:auy tournoys courageuse

☞ A sa faueur ayde poꝛt ꝗ secours
Diennent vertus par diuiŋ benefice
Parquoy sousdaiŋ es faict pꝛendꝛe se cours
Auy ennemys remplis de masefice:
Semblablement ainsi comme ie croy

De toute grace a souuerain ottroy
Qui la preserue et garde de souffrance
Dont en aurons pfaniere recouurance
Des biês perdus par la femme oustrageufe
Par ce moyen quelle est pucelle france;
Forte amazone:auy tournoys courageufe.

☾ En groffe bêde ont trauaille maitz iours
Les fauly fouldars pour la mettre en feruice
Mais en fes faictz elle a veille toufiours
Pour euiter occafion de vice
Et en parlant a fes gens hors de foy:
Leur a monftre et faict figne du doy:
Que de feurs corps aura bonne vengeance
Pour fe confort et certaine allegeance
Des prifonniers en chartre tenebreufe:
Qui la voirront en pfaine defiurance
Forte amazone:auy tournoys courageufe.

☾ Lors ces fouldars ont faict fonner tabours
Tenant feurs fortz qui feur eftoit propice:
Mais ont efte chaffez iufques auy fortz bourgs
De feurs citez par cruelle iuftice:
Dont la pucelle en triumphant arroy
On a pofe fur vng pompeuy charroy:
Ayant fur foy vne courtine blanche:
Puis en fes mains a porte vne branche:
Leftaffauoir:palme victorieufe:
Qui la monftroit en figne et remembrance
Forte amazone:auy tournoys courageufe.
                Renuoy.

℃ Prince francoys des francoys roy de France
Auｙ chｚestiens faict paiｘ ꝗ alliance
Auｙ quelｚ la guerre eſt dure ꝗ dommageuſe
Et mene auｘ turcqｚ:leſquelｚ nous font greuance
Foｚte amaｚone:auｘ tournoｙs courageuſe.
       Par Guiguart.

   ℃ Chant royal auquel eſt deſcript
     Comme le ſauueur Jheſucriſt
     Demanda a neceſſite
     Comme eɳ ſainct Jeaɳ eſt recite
     Dequoｙ achateroient du paiɳ
     Pour ſuſtenter ceſte cite
     Qui eſt pｚes que moｚte de faiɳ.

Ut pｚendｚons nous poure neceſſite
Uiuante eɳ peine ꝗ dure impatience
Les pains quil fault pour nourrir ſa cite
Et ſuſtenter poures eɳ pacience.
 Leſſe tes plaingｚ:ma haulte pｚeſcience
Ce enſeigne ｖng lieu ou iaｙ ｖoulu loger
Pour la grand faiɳ des poures alleger
Lequel eſt faict par ma puiſſante maiɳ
De douｘ cypｚeｚ eｘempt de pourriture
Et ſera dit pour nourrir peuple humaiɳ
La ſaincte ſalle:ou dieu pｚend nourriture.
       Neceſſite.
℃ Comme Jacob eɳ temps daduerſite
Jaｙ achapte eɳ egypte ſemence
Doｚge ꝗ de ble pour ſa mendicite
Des poures gens:nourrir ſur ta clemence

Mais puis quil plaist a ta pitie immense
Auoir faict salle ou pain ie doy menger
Tu me peuz bien de famine Vanger
Par qui long temps le commun feble ꝗ Vain
Mangeoit en pleurs des bestes la pasture
Parquoy seigneur tu nas pas faict en Vain
La saincte salle:ou dieu prend nourriture.

   Ihesucrist:

C Dedans repose en simple humilite
Lenfant de grace auy cinq pains dinocence
Dont ton cueur feble ꝗ sens debilite
Prend pain de force ꝗ de conualescence
Le pain dhelye figurant abstinence
y trouueras pour Vices corriger
Melchisedech y Veit table eriger
De pur sethin:couuerte de Vif pain
Venant du ciel pour sustenter nature
Qui desiroit en salutaire fain
La saincte salle:ou dieu prend nourriture.

C Deuant sa porte est liberalite
Auy douze pains de diuine indulgence
Qui les impart a ta fragilite
Extreme fain ꝗ plaintiue indigence
Riches ingratz desquelz la negligence
En toy causa famelique danger
Ainsi que chiens desirans os ronger
Fain souffriront:car leur fourment ꝗ grain
Ont trop garde sans ten faire ouuerture
Pource nay faict pour euy ne pour leur train
La saincte salle:ou dieu prend nourriture.

Necessite

CLe sainct esprit painctre de Verite
Tant par dedens que en la circunference
A painct sa salle en fleur de purite
Viues couleurs ⁊ dons de preference
Vitres contient en esere transparence
De cristallin par ou se hault berger
Voit les Vertus du celeste Verger
Danser au son de la trompe derain
Ou souffle ioye a la Verte ceyncture
Pour resiouyr en plaisir souuerain
La saincte salle: ou dieu prend nourriture.

Renuoy.

CPuys que famine ⁊ la mortalite
As faict cesser: cher seigneur sans fracture
Faitz que Voyos en immortalite
La saincte salle; ou dieu prend nourriture.

Par Picot.

C Chant royal.

Roys nobles roys munis de sapience
Tous dung pouoir ensemble en Vnite
Ont propose de certaine science
Faire Vng cours deau de grant amenite
Dedens la mer que nul ny peult toucher
Ne sur ce cours aulcun blame coucher
Il procedoit de region loingtaine
Rendant liqueur plus doulce que fontaine
Sans quelle soit poincte de nul amer
Nommee el fut pour cause bien certaine
Source deau Viue: au parmy de la mer.

℄ Le cours premier fut prins sans difference
Sur ung hault mont en la sublimite
Tout au millieu de sa circunference
Comme ce sust propre lieu limite
Son cours si droit que na peu empescher
Rude carriere en mont ny en rocher
Fluent tousiours tant par boys q̃ par plaine
Le goust de leau rendoit si doulce allaine
Que nul viuant ne pourroit estimer
Lors fut trouue de grande beaulte plaine
Source d'eau doulce:au parmy de la mer.

℄ La caue estoit nommee sapiĕce
De pierre dure en force q̃ qualite
Et le cyment de belle pacience
Que auoit asseis la dame humilite
Prudence estoit pour le tuyau lascher
Moderement:car elle a cela cher
Que nuyct q̃ iour elle prend soing q̃ paine
Sans faindre aulcun pour amour ne pour hayne
Que len na sceu sa bonte defformer
Tant que a tousiours on la tient pure q̃ saine
Source deau doulce:au parmy de la mer

℄ Force a donne a ce cours adherence
Comme les roys auoyent premedite
Pour demonstrer q̃ veoir par apparence
Les biens les fruictz q̃ sa commodite
Mais ung monstre en cuyda approcher
Et sefforcea de tarir q̃ secher
Le puissant cours:soy disant capitaine

ℌ

Du chef du gouffre en sa mer dacquitaine
Si touteffois ne la peult entamer :
De son venin tendant rendre incertaine
Source deau doulce: au parmy de la mer

Congneu la force & bonne resistence
Contre serpens/& leur seurcite :
Les nobles roys en notable assistence
Sont descendus en leur auctorite :
Le filz du roy voulut la mer trencher
De la doulceur de leau forma sa cher
Laquelle fut sa belle forme humaine
Les bons poissons auecques suy amaine:
Et les mauluais ont voulu exprimer
Que impossible est faire en ce bas demaine
Source deau doulce:au parmy de la mer

          Renuoy.
Le pur concept de si parfaicte royne
Dame des cieulx princesse souueraine.
On ne le doit de vice reprimer:
Mais se tenir sans quelque acte villaine
Source deaue doulce:au parmy de la mer.
          Par Guillaume Roger.

          Chant royal.

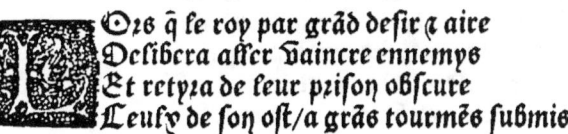

Ors q̃ le roy par grãd desir & aire
Delibera aller vaincre ennemys
Et retyra de leur prison obscure
Ceulx de son ost/a grãs tourmẽs submis

Il enuoya ses fourriez en Iudee
Prendre logis sur place bien fondee
Puis commenda tendre en forme facille
Ung paupllon pour eyquis domicille
Dedans lequel dresser il proposa
Son lict de camp nomme en plain concille
La digne couche:ou le roy reposa.

⟨ Au paupllon fut la riche paincture
Monstrant par qui noz pechez sont remps:
Lestoit lamye ayant en sa closture
Le iardin clos a tous humains promis
La grand cite des haultz cieulx regardee
Le liz royal/lolyue collaudee
Auec la tour de Dauid immobile
Parquoy souurier sur tous le plus habille
En lieu si noble/asseit et apposa
Mettant afin le dict de la sibylle
La digne couche:ou le roy reposa

⟨ Dantique ouurage a compose nature
Le boys du lict ou na ung poinct obmis:
Mais au copssin plume tresblãche et pure
Dũg blãc coulomb/le grãd ouurier a mis
Et charite tant quize et demandee
Le lict prepare auec paix accordee
Linge trespur dame innocence fille
Diuinite les trois rideaulx en fille
Puis a lentour les tendit et posa
Pour preseruer de Vent froit et mobille
La digne couche:ou le roy reposa.

Aucuns ont dit/noyre sa couuerture
Ce qui nest pas/car du ciel fut transmis
Son lustre blanc/sans autre art de taincture
Ung grand pasteur sauoit ainsi permeiz
Lequel iadis par grace concordee
De ses aigncaulx la toyson bien gardee
Transmit au cloz de nature subtille
Qui vne en feist sa plus blanche et vtile
Quoncques sa main typssit ou composa
Dont elle orna oultre commun stille
Lq digne couche:ou le roy reposa.

Pas neusse vng faict a frange et figure
De fins damas:fargettes ou sainys
Car le hault ciel de diuine facture
Pour telle couche illustrer fut commis
Dung tour estoit si precieux bordee
Que oncques ne fut de vermyne abordee
Nest ce doncques pas dhumanite fertile
Deuure bien faict:veu que laspicq hostile
Pour y dormir approcher nen osa
Certes si est:et nest a luy seruile
La digne couche:ou le roy reposa.
Renuoy.
Prince ie prens en mon sens perile
Le paupslon pour saincte anne sterile:
Le roy pour dieu:qui aux cieulx reposa
Et Marie est vray comme euangile
La digne couche: ou le roy reposa.

Par Clement Marot.

Chant royal ſur ſe grand decret
Que ſe pape oʒdonna pour lʼhomme
Contre pecħe comme deſcret
Ceſt marie eŋ concept ſanſ ſomme.
De Vice que grace conſomme.

E grand eueſque eŋ ſeſgliſe rommaine.
Souuerain pʒeɓſtre: et grãd legiſlateur:
Pour oʒdʒe mettre eŋ ceſte Vie humaine:
Contre pecħe ꝗ ſoŋ fier inuenteur
feiſt au conſeil deternel conſiſtoire
Le grand decret:eſcript au ħault pʒetoire
Du doy de dieu:par iuſtes pactions
Dont ſes pʒeſatz auʋ conſtitutions:
Ont cueilly reigle:ꝗ celeſte doctrine:
Et appʒouue a ſeurs conuentions
Le grand decret:dauctoʒite diuine

CUŋg ſiure eŋ trops:duꝗʃ ſourd ſa fõtaine:
De dʒoit diuiŋ a tout ſcauant docteur:
faict ce decret:ꝗ ſa reigſe certaine :
Sanſ fauſte admettre: ou errant coʒrecteur
Dʒoit natureſ:fonde eŋ Vieſſe hypſtoire
Joincte a nouueſſe:ꝗ couſtume notoire
Eŋ ce decret ſont ſes diſtinctions
Ou nous trouuons par ſes inſtructions:
Que ſoy de grace eŋ ſeſgliſe ſatine
Separe a part des auſtres ſanctions
ſe grand decret:dauctoʒite diuine.

C Lauſtre ꝗ ſecond contient eŋ paige pſaine:

Causes en droit pour pugnir sinfracteur:
Et pour donner grace en terrestre plaine
Et gloire aux cieulx/au bon observateur:
Le pape y damne en notable auditoire
Les tesmoings faulx/siure diffamatoire
Tourbe hereticque/q ses positions
Il satiffaict en toutes questions
Le sainct esprit/qui le monde illumine
Remplit de grace en ses creations
Le grant decret/dauctorite diuine.

¶ Le tiers enseigne en ce mortel demaine
Les sacrementz du benoist createur
Dedans escriptz/par qui grace ramaine
Pecheurs reprins du grand reformateur
Leglise y prend le moyen meritoire
Pour dieu louer/q pour faire offertoire
Du pain de vie aux consecrations
Sept sacrementz plain dadmirations
Puis pour sept dõs/q au decret dieu assigne
Font soustenir vers faulces actions
Le grand decret: dauctorite diuine.

¶ Lauctorite de dieu/qui socuure maine
Tient ce decret contre laccusateur
Verite rompt toute parolle vaine /
Chrestien cueur en est vray zelateur:
Justice y tient le glaiue de victoire
Loy pitoiable en faict son repertoire
Leglise y faict ses contestations/
Et grace ioincte aux operations

Du createur qui falut nous refigne
Parfit au bien de toutes nations
Le grand decret:dauctorite diuine.

Renuoy.

C A ce decret nya point fruftratoire
Auffi nya Vice contradictoire
En cefte la/qui par eftrictions/
Dieu crea ftable en humaine ruyne
Dicte en concept doue deyemptions
Le grand decret:dauctorite diuine

Jacobus Fillafter.

Ballade.

EN finftant que dieu me forma
Premier que ie fuffe conceue/
En moy fe Vice reforma
Que Eue fcit du ferpent deceue/
Tellement quil ma apperceue
A mon concept fans impropere
Combien que Adam fuffe yffue
Tant ayma lhonneur de fa mere

C Purite mon filz tant ayma
Que noz parentz auoient perdue
Auant Adam fa pomine entama/
Que luy fut de dieu deffendue
Mais par mon filz me fut rendue/
Quant de Vice fa tache amere

Me garda sa grace estendue
Tant ayma lhonneur de sa mere :

C Du serpent sa teste enferma
Soubz moy quil auoit preesseue
Et par sa puissance absolue.
Mon concept garda du Vipere
Que iamais ie ne fuz posseue
Tant ayma/lhonneur de sa mere.

Renuoy.
C Prince la matiere entendue
Dice en la Vierge neust repaire/
Son filz la tousiours deffendue
Tant ayma:lhonneur de sa mere

Jacques Fillaster.

C Rondeau.

Races a dieu/ie nay plus q̃ me blasme/
Lõg tẽps ya/mais chascuɲ me reclame
Pure en concept/toute belle nommee
De par moɲ filz/dieu q̃ ma tãt aymee
Quil ne permist/q̃ a moɲ concept eust
                                        (blasme.
C Combieɲ que aucuns par leur blasoɲ infame/
Ont machine my faire aucun diffame
Ilz sont confuz/leur sentence est blasme.
Graces a dieu/ie nay plus qui me blasme.

¶ Ce qui ne fut que a moy permis a ame
Sur le serpent/ie fus maistresse ꝗ dame.
Quant de son mozds ne fus oncques entamee;
Leglise en tient/ma bonne renommee/
En ce beau puy/mon pur concept proclame:
Graces a dieu/ie nay plus qui me blasme

Jacques Fillaster:

¶ Cest vng arrest en chant royal/
Pour prononcer au grand conseil
Oultre la loy / iuste ꝗ loyal/
Pour les humains/le non pareil.

Ar le Sathan cuydant auoir victoire
Côtre lhonneur de la vierge innocête:
Cest meu proces au diuin consistoire
Sur la clameur dune foy apparente/
Le demandeur pour venir a entente
Dit se fondeur en tiltre ꝗ iouyssance
Quil la faict en suyuant lozdonnance
Pour son tesmoing de lintroduction/
Production derreur pour sa querelle/
voulant oster de la fille Syon
Exemption/de tache originelle.

¶ Pour la priuer du fons ꝗ possessoire
Faict remonstrer/que tous de la descente
Du pere Adam /tant soit par accessoire
Que dzoictement sont subiectz sans attente
Faire tribut a linfernalle tente

ħ.

Par peche vif dune mesme finance
Puis dit ainsi pour plus grande asseurãce
Qui prouuera sans reprobation
Possession puys quarante ans contre elle
Pourquoy neust oncq en sa conception
Exemption:de tache originelle.

℃ De laultre part en publiq auditoire
Marie a faict par raison euidente
Son bon conseil plaider en peremptoire
Quelle est ꝗ fut de ce peche exempte
Respondant bien par memoire recente
Que au pensement de diuine puissance
Dont sen ne peult pretender dignorance
Deuant les cieulx par preelection
Conclusion/dieu la feit toute belle
Luy assignant pour premiation
Exemption:de tache originelle.

℃ Pour vaincre a faict ce sathan proditoire
Sont ioinctz des faictz en forme condescente
Prefigurant vne chose notoire
Que la vierge est assouuie ꝗ contente
La vierge Aaron nous la monstre ꝗ presente
Dessus la foy dhumaine congnoissance
Le roy Dauid la tient hors de souffrance
Si faict Jacob par contemplation
En vision dune treshault eschelle
Luy predisans par toute nation
Exemption:de tache originelle.

☞ Le proces clos ꝗ meiz par inuentoire
Selon la loy coustumiere ꝗ decente
Toute la court assemblee au pretoire
La leu ꝗ Veu/en facon excellente
Considerant louuerture patente
Dun tel descord ꝗ si grosse impoztance
La dicte court pour Vuyde de sinstance
La Vierge absoult de simpetition
Et action de ce sathan rebelle
Luy confirmant a son intention
Exemption:de tache oziginelle.

Renuoy.

☞ Prince croyez pour augmentation
Sans fiction que la Vierge pucelle
Par son arrest obtient sans caution
Exemption:de tache oziginelle.

Par Busquet.

Chant royal.

Le grand peche tresperuers ꝗ inique
Laict ꝗ Villain tout plain denozmite
Lomis Dadam par oeuure dzaconique
Du fausy sathan remply diniquite
Car quant il Veit quil fut desherite
Des lieux celestes par son peche infame
Tantost pecher fit Adam ꝗ sa femme
Nommee Eue qui nous meist en ruyne

Mais Marie en fust reparatoire
Car des ce temps fut esleue sa racine
Lis Virginal:de dieu reclinatoire

C Pour reparer doncques le malefice
Que feist Adam par sa fragilite
Dieu congnoissant que le serpent antique/
Par son engin sauoit suppedite/
Deuant luy vindrent iustice & equite
Raison & paix/aussi la noble dame
Misericorde/qui pour oster la flame
De ce peche/& donner medecine
A tous humains si fust limpetratoire
Que appellee fut Marie la tresbenigne
Lis Virginal:de dieu reclinatoire

C Adonc es cieulx en la court deifique
Appella dieu par grand suauite
Sainct gabriel luy disant tost tapplique
De ten aller a la noble cite
De Nazareth:& la soit recite
Deuāt la Vierge/laqlle est sans nul blasme
Nomme Marie/dicte de corps & dame
Que lay esleue sa chambre & la courtine
Ou mon seul filz fera repositoire
Car elle est seulle destre appelle benigne
Lis Virginaal:de dieu reclinatoire

C Comme racōte le texte euangelique
Le messager tout de ioye incite
Vint a Marie/du salut angelique

La saluer/disant dauctorite:
Je te salue de par la trinite
Plaine de grace/fleurant comme le basine
Car le seigneur du celeste royaulme
Est auec toy:z pource ie termine
Sur toutes femmes en la vie transitoire/
Tu es benoiste:z pource a toy mencline
Liz virginal:de dieu reclinatoire.

C Troublee elle fut par son sens magnifiq
Mais gabriel luy dit en verite
Ne doubte point:car le douly roy celique
Dedans ton ventre prendra humanite
Comme peust ce estre:car ma virginite
Luy ay vouee/cöme a celluy que ie aime:
Lange luy dit/sans que ton corps entame
Le sainct esprit par sa vertu diuine:
Tobumbrera la chose est tresnotoire/
Cöme soleil qui luyt par la verrine
Liz virginal:de dieu reclinatoire.

Renuoy.

C Prince du puy/la renommee z fame
En tous lieuy que dit la noble gemme
A gabriel dedans son oratoire:
Je suis lancelle/z telle ie me claime
De mon seigneur: qui ma esleue la pasme
Liz virginal:de dieu reclinataire.

Par Casserye.

¶ Oraison en forme de Ballade/a la glo
rieuse Vierge mere de dieu Marie.
Balade.

Rosne haultain ⁊ triclin Virginal
Ou le hault dieu farma dhumanite
Pour expugner le tyrant infernal/
Qui soubz le ioug de peche criminel
Tint les humains en grand captiuite
Je te salue confort solacieux
Joyeulx espoir ⁊ refus gracieux
Que tes pecheurs seussent tant reclamer
Toy suppliant/quen ces perilz de mer
Te plaise nous par pitie secourir
Tant que puissons les Vices expugner
Viure en Vertus:⁊ en foy bien mourir

¶ Tu es celle dont lestat feminal
Moult sesbahit/pour la fragilite
Quant sans peche conceupt original/
Vierge conceupz le fruict medicinal
Dont le gouster nous a tant prouffite:
Eue iadis par fruict pernicieux
Nous forbanit/mais tu nous rĕdz les cieulx
Par aultre fruict/qui est sans nul amer
Qui pour les siens a souffrt entamer
Son propre corps:⁊ la mort encourir
Nous enseignant lart de bien sentreamer
Viure en Vertus:⁊ en foy bien mourir

¶ Tu es Marie le sceptre reginal

Portant la lus loubz la diuinite:
Tenant par droit en pompeuy tribunal
Lieu glorieuy a liege conlinal
Sur tous anges iouyte la trinite
Si te lupply mere du dieu des dieuy
De ce hault ciel lors incliner tes yeuly
Mes plaintz ouyr:a mes mauly eltimer
Pour a ton filz mes douleurs intimer
Tant que par grace il faict reflourir
Mon cueur premort / a de lamour flamer
Diure en Vertus / a en foy bien mourir.

Renuoy.

C Prince Jelus/que drois elt reclamer
Filz de Marie Vueillez nous enuoyer
Par la priere a toy le recouurir
Quen bones meurs puillons to⁹ cōlumer
Diure en Vertus/a en fin bien mourir.

C Rondeau.

Vueillet ou non tous maulditz enuieuy
Pucelle luis:a demouray pucelle
Et li ma mys le laict en la mammelle
Le plus beau filz quā Veit oncq de deuy (yeuly:
Le dieu damours a bien Voulu des cieuly
Me Venir Veoir:tant luy ay lemble belle.
Vueillent ou non/tous mauldictz enuieuly

Il est mon filz:mon pere ꝗ dieu des dieux:
Sa mere suis:sa fille ꝗ son ancesse.
Oultre ie dis que sur toutes suis tesse:
Que par amours il ayma iamais mieulx
Dueissent ou non:tous maufditz enuieusy

Par frere Guillaume Alexis
prieur de Buzy.

¶ Turris fortitudinis
a facie inimici.

Ballade.

Eluy qui pour nous en croix pend
Conftruit Vne tour eminente
Contre la face du ferpent
Rempli de fallace imminente
La tour en beaulte permanente
Par profunde & haufte altitude
Se tient par raifon pertinente
La haufte tour de fortitude.

¶ Dieu canons de force y eftend
Qui mettent en fuyte patente
Lennemy qui fefforce & tend
Luy fait affault deffoubz fa tente
Mais en Vain laffaillir
Pour en caffer fa rectitude;
Car ceft pour noftre feeure attête
La haufte tour de fortitude

¶ Du grant roy iufte Innocent
Euft fondation innocente:
Et fa Vertu haufte y defcend
Qui des Ventz Vicieufy labfente
Afin que par fouldre ne fente
De ruyne fa turpitude
Donc len Voit en forme decente
La haufte tour de fortitude

g

Renuoy.

CPrince apres mort dieu vous presente
Laffluence et sa plenitude
De grace qui de vice exempte
La haulte tour de fortitude.
　　　Dom Nicolle Lescarre.

Rondeau.

EN mon concept fus cree tresbelle
Veu que ie fus en pensee eternelle
La plaine lune en luniuersite
Purifiant par mon integrite
Tous ses vapeurs de nubileuse estoille

C Le vray soleil qui tous iustes precelle
Ma conferee iustice originelle
En me exemptant de noire obscurite
En mon concept fus cree tresbelle

C Se aulcun soustient par sa folle querelle
Que eussez este estaincte du rebelle
Dit lucifer par sa malignite
Ou par eclipse ou mutabilite
Ie luy respondz que eus clarte naturelle
En mon concept fus cree tresbelle.
　　　Le Forestier Celestin.

Ballade.

LE roy dauid pour soy deffedre
Et garder ses loyaulx amys
Par fonde vit le fronc dur fedre

De Golias despoir demys
Dont philistins noz ennemys
Sont chassez du franc territoire
Ou dieu pour force auoit promis
Fonde qui rend au roy Victoire.

C Pour cinq festes delle comprēdre
Cinq rondz galletz luy fut pmis
Au clair torrent de grace prendre
Mais le premier dont a mort mys
Fut Golias/peult estre admis
Que cest le concept meritoire
Par lequel dieu nous a transmis
Fonde qui rend au roy Victoire

C Philistins nozent plus attendre
Dauid en bataille commis
Qui les Vcoit tous iambes estēdre
Prenant fupte comme formis
Ilz sont Vaincuz las et,remis
Car leur picque diffamatoire
A Vitupere na submis
Fonde qui rend au roy Victoire.

Renuoy.

C Si cueurs frācoys sōt endormis
Soubz craite humaine (t trāsitoire
Dieu pour leur deffence a commis
Fonde qui rend au roy Victoire.
Nicolle Lescarre.

¶ Rondeau.

Ar lhõme τ dieu/que iay Vierge cõceu
Grace puftre foy mon concept a receu
Dont mere fuis fans macule τ peche
En mon pur fãg ne fut iamais touche
De lord venin du mords amer yffu
Ie fuis fans coulpe/il eft par tout bien fceu/
Et par figure τ miracle apperceu
Ledit commun neft pas pour moy fiche
Par lhomme τ dieu/que iay Vierge conceu.

¶ Sur tous humains iay tout honneur perceu
Mon franc voufoir du ferpent neft deceu.
A ma beaufte fon dol neft approche
Dont a grant tort/Vice meft reproche
Veu que maint loz on a de moy tyffu
Par lhomme τ dieu/que iay Vierge conceu.
　　　　Dom Nicolle Lefcarre.

　　　¶ Balade latine.
Ota pulchra es amica
Per trinum numen celicum
Virgo mater τ Vnica/
Virus non gerens antiquum/
Hoc facrum refert canticum/
Quod macula non eft in te
Dicta per os angelicum
Flos producens fructum Vite.

¶ Virga fortis mofaica/

Fontem donans salutisicum
Regna celebzant celica/
Luum conceptum pudicum:
Per quen agmen propheticum
Jucunda cecinit mente
Tu das rozem viuisicum.
Flos producens fructum vite.

O flos stirpe Judaica
Per spiritum dauiticum
Arte conteris bellica
Aspidem ꝗ basilicum/
Tu leonem inimicum
Et dzachonem vnicis tute
Mozsum tegis veneficum/
Flos pzoducens fructum vite.

O leuamen deificum
Confer opem cum salute/
Serua hozum monasticum
Flos pzoducens fructum vite.

        Dom Nicolle Lescarre.

        C Rondeau.

Uge infernal tu ne oseraie plus dire
Que iadie fus en concept fille de ire
Pourtant foy dict ꝗ Dadã suis venue
Ne mauoit pas dieu mon filz pzeuenue:
Pour auoir cozps ou nya que redire

℃ Malgre tous ceulƺ qui en veullent mesdire
Len a bien faict publicquement desdire
Ceulƺ qui manoient en pecche soustenue.
Juge infernal/tu ne oserais plus dire/
Que iadis fus en concept fille de ire
Pourtant son dict que Dadam suis venue
Ne mauoit pas dieu mon filƺ preuenue:
Pour auoir corps/ou nya que redire.

℃ Le roy des cieulƺ pour mieulƺ y contredire
voulut pour moy ta couleure mauldire
De qui iamais ne fus circumuenue
Car il mauoit par amour maintenue/
Pour en concept immacule resupre
Juge infernal/tu ne oserais plus dire
Que iadis fus en concept fille de ire
Pourtant son dict que Dadam suis venue
Ne mauoit pas dieu mon filƺ preuenue:
Pour auoir corps ou nya que redire
         Dom Nicolle Lescarre.

       Ballade.

Arie la claire fontaine
Par conduytƺ de grace ruysselle
Dune montaigne si haultaine
Que toutes les autres precelle
Le iour que se concept dicelle
Exempt de toute Vtilite
La preuue en grace Vniuerselle
La fontaine dhumilite.

Sa fouef de grace tresplaine
Claire/pure/fresche ꝗ nouuelle
Enroufant les boys ꝗ la plaine
(Toute verdure renouuelle
Et fi porte auy humains nouuelle
De falut ꝗ de vtilite
Par faincte Anne qui leur reuelle
La fontaine dhumilite

Dedans foꝗ virginal demaine
Grace fut toufiours actuelle
Pour eyempter nature humaine
De fa malice habituelle
Par la vertu fpirituelle
Elle a Sathaꝗ debilite
Pource quelle eft perpetuelle
La fontaine dhumilite

Renuoy.

Prince fa bonte fupernelle
La feift par liberalite
Sans quelque tache originelle
La fontaine dhumilite.

Par ꝳ.Pierre Apurif.

Le rondeau eft par trinitez/qua﹐
ternitez ꝗ vnitez.

N vnite font par fa trinite
Saꝗ nerfz/chair/os/ame ꝫdiuinite
Joinctz au faict corps de la Vierge amiable
Sur tous creez a foꝗ filz aggreable
Eꝗ grace/honneur/vertu ꝗ dignite

℃ La deite par sa benignite
La preesseut en son eternite
Ancelle fille/⁊ espouse honnorable
En Vnite sont par la trinite

℃ Grace au concept fut par la trinite
Vertu ny a souffert malignite/
Lhõneur y mist beaulte incomparable
Maternite sur toutes Venerable
y fust tousiours ioincte a Virginite
En Vnite sont par la trinite
                        M.P.Apuril.

        ·

        Ballade.
Es premiers astrologiens
Ont erre par insipience:
Mais les bons theologiens
Ayant de Verite science
Ont Veu diuine sapience
Dessus les haultz montz de Syon
Qui publient en audience
Vraye prenostication.

℃ De deux imprimeurs anciens
Fut imprimee en reuerence
Pour resiouyr les patiens
Qui auoyent de tous biens carence/
Lesquelz ny Voyans apparence
Derronee deception/
Lont tous dicte sans differece
Vraye prenostication

℃ Les orgueilleuy logiciens
Ny veullent adiouster credence
Mais les vrays rhetoriciens
Inspitez par bonne credence
voyant diuine prouidence
Que leur faict reuelation
Quelle est/q fut par euidence
vraye prenostication.

Renuoy.

Prince/la vierge deycellence
Toute pure en conception
Fit par grace q beniuolence
vraye prenostication.

M.Pierre Apuril.

℃Rondeau.

Oyne des cieuly/q fille de Syon
Saincte des lors de ta conception
vierge sans si:la saincte immaculee
Dieu te preueist/sans estre violee
Pour prendre en toy son incarnation.
Car le hault don de preseruation
De vice obtiens planiere eyception
Tant que nature est par toy consolee
Royne des cieuly/fille de Syon
Saincte des lors de ta conception
vierge sans si/la saincte immaculee

℃Le sainct espzit/sa benediction
Te confera tant que as dotation
Destre a tousiours en bienffaictz eytoffee

l.

Royne des cieulx/ꝗ fille de Syon
Saincte des lors de ta conception
Vierge sans si:la saicte immaculee

℃ Dieu te garda dauoir infection:
Et de grace eutz plaine reception
℄ Tāt que cōcept ne fus ꝺcꝗ maculee
Nature rit ꝗ nest plꝰ desolee:
Et te reclame par grand deuotion
Royne des cieulx/ꝗ fille de Syon
Saincte des lors de ta conception
Vierge sans si:la saicte immaculee
Que dieu preueist/sans estre violee
Pour prēdꝛe en toy son incarnatiō

℃ Sācta sine macula:oꝛa pro petōꝛe
Floꝛens Aaron Virgula/sctā sine macula
Nos regens per secula tuo solito moꝛe.
Sancta sine macula:oꝛa pꝛo peccatoꝛe
Par.℔. Nicolle Turbot.

Rondeau.

Pᴿemierement ꝗ les cieulx fussent faitz:
Les elemens ꝗ tous autres effectz/
Conceue fus en diuin pensement
Des oeuures dieu ie suis cōmencemēt
Pour preuenir: lindeu transgressemēt
Deue ꝗ Adam condamnez par leurs faictz

℃ Silz ce sont donc dinnocence deffaictz
Moꝛtalite pꝛenant par leurs meffaictz

Eyempte suis de leur trespassement
Premierement que les cieulx fussent faictz
Les elemens & toutes autres effectz
Conceue fus en diuin pensement:
Sathan les print par mon enchãtement
Ostez luy sont par son consentement
Mon ame & corps veuz en beaulte pfaitz.
Des oeuures dieu:ie suis commencement.
Pour paruenir sindeu transgressement
Deue & Dadam condãnez par leurs faitz

Pourtant humains seculiers & profais:
Se aues maldict:en soyes vrays confes
De salomon croyant lenseignement
Car mon cõcept neust oncqs empeschemẽt
Daulcun peche:& qui se presche ment
Grace de dieu:me destourna ce fais
Premierement que les cieulx fussent faictz
Les elemens & toutes autres effectz
Conceue fus en diuin pensement
Des oeuures dieu ie suis commencement.
Pour preuenir sindeu transgressement
Deue & Dadam condãnez par leurs faitz

Nicolle le Vestu.

Ballade.

Uant le fier dragon mõstrueuy
Au temple dhumaine nature
Gecta son feu impetuculy
En sa tour de haulte stature
Il en osta toute oznature
Lozs dung ymaige en beau spectacle

Qui fut pour toute creature
Exempte du feu par miracle

CLestuy dragon tant merueilleux
Sathan malicieux figure
Le feu vil pecke perilleux
Le temple:humaine plasinature
La tour Adam sa pourtraicture
De symage le tabernacle
De Marie en sa geniture
Exempte de feu par miracle.

CSon filz de ce feu dangereux
Lexemptant vint souffrir mort sure
Et souftint les coupz rigoureux
Que Adam causa par sa morsure
Par lhumble vierge est bien seure
Quelle doit reparer le pinacle
Puys quen son concept il lasseure
Exempte du feu par miracle.
Renuoy.
CPrince par diuine structure
La vierge seule en son oracle
Auoit en concept armature
Exempte du feu par miracle.

Rondeau.
Ce rondeau a double couronne
Est fait a trois couppes planie
Et si est la sentēce bōne   (tres
En le lisant en six manieres

Ainſi ſont qui garde leur rung
Siȝ rondeaulȝ contenus eŋ ῦng
Et qui les ſcait mettre a ſenuers
Peuſt ῦoir douze rondeaulȝ diuers

Par mõ filȝ q̃ me fiſt/ie ſuŋs regẽte gẽte
Pure eŋ cõcept pfaict/ῦierge ⁊ puceſſe/ceſſe
Le ſu faicte en effaict/fẽme moꝛteſſe/teſſe
Le ſaict baſme cõſit/dꝛoicte ⁊ decẽte/ſẽte
Jaŋ ſathã deſcõſit/beſte puſſente/ſente
Auec peche infaict/enfcr rebeſſe/beſſe
Par mõ filȝ q̃ me fiſt/ie ſuis regẽte/gẽte
Pure eŋ cõcept pfaict ῦierge ⁊ puceſſe/ceſſe
Jaŋ tant q̃ſ me ſuffit/cõme parẽte/rente
Dieu a ſon tẽpſe fait/⁊ coſũbeſſe/beſſe
Pour oſter ſe foꝛfaict/de la ſeq̃ſſe:queſſe
Saĩct eſpꝛit me pfait:nobſe⁊ patẽte:tẽte
Par moŋ filȝ qui me feiſt:ie ſuis regente:gente
Pure eŋ concept parfaict:ῦierge ⁊ puceſſe:ceſſe
Je ſu faicte eŋ effaict: femme moꝛteſſe:teſſe
Le ſainct baſme confit:dꝛoicte ⁊ decente:ſente
(ℋ). Nicoſſe du Puŋs.

Baſſade pꝛemier de ſa roze.
Aŋ paſſe eŋ terre geſſee
Bſe fut ſi rudement traicte/
Que au iourdħuŋ par ſa grand geſee
Nous ſouſſrons au bſe ſa charte:
(ℋ)ais deuant que tout fut gaſte/
Dieu retint eŋ certaine pſace
Contre froit qui ceſt trop ħaſte

La terre rendant ble de grace:

℃ Ceſte terre neſt point fouſſee
Ne fouye puer ny eſte
Le ſoleil ou pluye coulee
Par grace ya touſiours eſte
Son rayon dozient monte
Grace ſur elle contre ſa glace
Garda par diuine bonte
La terre rendant ble de grace

℃ Par ſa terre ainſy deſolee
Vint fain au peuple ſupplian
Par lautre aine eſt conſolee
Du ble que grace y a plante
Ble en ſyuer fut deſplante
Lautre eſt touſiours fertiſſe et graſſe
Pzeſte a donner fruict a plante
La terre rendant ble de grace.
                    Renuoy.
℃ Pzince ſe pain par Vous gouſte
De ſon ble pozte lefficace
Qui preſerua du froit doubte
La terre rendant ble de grace.
            (A). Guiſlaume Thibauſt.

                    Rondeau.
Ut filz parfaict ie ſuys mere parfaicte
Seuſſe entre tous de ſa main parfaicte
Pour eſtre en moy pure mere parfaicte
De mõ pur ſang ſon cozps pur fut parfaict

Sur moy par luy na soy mainte infaicte.
 Grace en moy nest comme en Eue refaicte
Jamais ne fuz ainsy quelle defaicte
Dieu qui se peult me feist pure en effect.
Au filz parfaict/ie suis mere parfaicte.

C Laspic portant figure contrefaicte
Que surprint/par peche contrefaicte
Et ie se foulle au pied comme de faict
Raison:peche qui ses aultres infaict
Oncq ne ma peu faire mere imparfaicte
Au filz parfaict/ie suis mere parfaicte.
            Maistre.G.Thibault.
            Rondeau.
PAr mon cher filz qui si forte ma faicte
Que par moy force infernalle est deffaicte.
 Jay obtenu sa pasine Verde auy mains
Soit que laspic triumphe sur humains
Si lay ie occiz sans estre putrefaicte
Que deuint par peche contrefaicte
Grace de dieu ma si bien satiffaicte
Que droicte suis pour ses dons quay euz mains
Par mon cher filz qui si forte ma faicte.

C Sil ne cust sa mere apres pecher refaicte
Sathan eust dit quil cust eu mere infaicte
Pour quesque temps qui sont dictz inhumains
Donc deuant tous mes consors et germains
Sacree suis entre imparfaictz parfaicte
Par mon cher filz qui si forte ma faicte.
            Maistre Guillaume Thibault.

C Rondeau par.M.Guillaume Cretin.

Au iour prefix fut marie apperceue
Lelle eftre digne acceptee et receue
De preparer a fa diuinite
De fon pur fang robe dhumanite
Par foeuure fainct du paraclit tyffue
Grace planiere en tous faictz apperceue
Et fi acquift:ceft chofe en appert fceue
Nom Virginal et de maternite
Au iour prefix:fut Marie apperceue.

C Folle herefie eft doncq fort deceue
Dire que foit comme Dadam iffue
Prinfe au peche de fa communite
Left trop erre:car fa Virginite
Pure garda/et pure fut conceue.
Au iour prefix:fut Marie apperceue.

Argumentum.

Ung facteur fut Olzghan nomine
Roy fur tous chantres renomme
Qui feift en des partz trente fix
Ung motet telfement affeiz
Quon ne Veit oncq oeuure femblable
A clerici chantre louable
Premier queuoyer par chemin
Le feift noter en parchemin
Puys pour le chanter affembla
Chantres auquelz trefbon fembla.
Le facteur dieu nous fignifie

Son motet dont les partz ie nombre
Le sacre concept certifie
Qui grace ↄ vertus eut sans nombre.

C Le noteur ↄ le parchemin
Figurent Anne ↄ Joachin
verbes passifz/pleurs manifestes
Chantres:patriarches/prophetes
Et les docteurs de saincte eglise
Qui prouuent oeuure treseyquise
Ceste vierge dont fut yssant
Jesuchrist sen resiouyssant

C Ballade premiere de la roze.

APres que Adam se veyt deceu
Par Eue du serpent deceue
Nud de grace fut apperceu
Laquelle auoit de dieu receue
Lors dit par mon offence sceue
Jay toute ma secte asseruye
Tant que soit pour moy apperceue
Larbre portant le fruict de vie

C En plourant son crime aduenu
Par larbre de dieu retenue
Charite le voyant tout nud
Des sainctz cieulx est vers luy venue
Et luy dict:paiy est reuenue
Qui rendra ton ame assouuye:

ſz

Car en ton plant sera congneue
Carbre portant le fruict de Vie

¶ Lors quant Adam eust entendu
Quil auoit sa grace perdue
Par arbre il Veit quen temps deu
Par arbre luy seroit rendue
Laquelle seroit deffendue
Du fier serpent remply denuye
Et iusques auy cieufy estendue
Carbre portant le fruict de Vie

Renuoy.

¶ Prince seruons la Vierge ardue
En son concept damour rauye
Qui fut pour nous en beaulte deue
Carbre portant le fruict de Vie

Viuian le Charpentier.

Rondeau.

Pour decorer mon sainct concept royal
Iay eu des cieufy Vng beau poste loyal
Me denonceant estre la creature
Dessus toutes/en ce monde si pure
Qui concepura le fruict seigneurial
Le sera dieu/qui a Vueil special
Ainsi comme roufee pluuial
Descendre en moy sans aulcune ouuerture

Pour decorer mon sainct concept royal

℃ Ien ap doubte/mais ce poste feal
Bien doulcement/non comme desloyal
Me saluant a dit que ie me asseure
Et la cause/pour redimer nature
Que consenty iay damour cordial
Pour decorer mon sainct concept royal

              N.de Nerual.

    Rondeau.

Poures humais cessez toutes voz larmes
Car ie predray cotre satha les armes/
De grace ↄ force en bonne intention
Pour mettre a fin ↄ a confusion
Le fauly serpet q tat vo⁹ fait dalarmes:
 Par mon concept/ie vous rendray tous fermes
Et ne craindrez ennemys ne gens darmes
Car mis serez hors de turbation
Poures humains/cessez toutes voz larmes

℃ Resistez donc auy assauly et vacarmes
Par oraisons/et si tenez bons termes:
Car ie suis faicte pour la destruction
De voz meffaictz aurez remission
Par mon secours cela ie vous confermes
Poures humains/cessez toutes voz larmes.

       Arnould Chapperon.

Rondeau.

Essez voz pleurs voz regretz(voz plaitz
Poures captifz qui par montz et par plains
Auez este tenuz des ennemys
Car ilz sont tous a la Vierge submis
Qui vous rendra de liberte tous plains
Long temps auez este de guerre attains
De paix soingtains mais vous estes certains
Que lhonneur dieu par esse sont amys
Lessez voz pleurs/voz regretz/et voz plains
Poures captifz qui par montz et par plaintz
Auez este tenuz des ennemys.

℄ Son sainct concept exempt de leurs mains
Aulcune paix et salut aux humains
Par ce que dieu tant de bien ya mys
Que vil peche ny a peu estre admis
Pour resiouyz Adam et ses germains
Lessez voz pleurs/voz regretz (voz plaintz
Poures captifz qui par montz et par plains
Auez este tenuz des ennemys
Car ilz sont tous a la Vierge submis
Qui vous rendra de liberte tous plains.
℟ .Pierre Apuril:

Rondeau.

Oyne des cieulx des aultres la plus belle
Belle sans sy: et treschaste pucelle
Celle ou Jesus print incarnation

Lyon royal en generation
Si on vous dict sans imperfection
Cest a bon droict ie tiens ceste querelle.

¶ Sil est aulcun qui faict faulx libelle
Et contre vous se demonstre rebelle
Bien est digne de reprehension
Royne des cieulx des aultres la plus belle
Belle sans ſy:et treschaste pucelle
Celle ou Jesus print incarnation
    Voſtre concept fut sans pollution
Dieu vous donna sa benediction
Auant quadam commiſt playe mortelle.
Lyon royal en generation
Si on vous dict sans imperfection
Cest a bon droict ie tiens ceste querelle.

¶ Malgre Sathan sa malice et cautelle
En vous Jesus print chambre maternelle
Nous en auons vraye probation
Porte ſauez en iubilation
Pour auy humains donner remiſſion
Royne des cieulx des aultres la plus belle
        Jehan Bertran.

        Ballade.

Ue fault il plus que ay ie meffaict
Jay eu arreſt a mon entente
Veult on dire que le forfaict
Du pere Adam me mal contente

Ainsi que aultres et sa descente
Pour inferer corruption
Cest entreptis ie suis eyempte
La loy receut eyception.

℣ Dieu q̃ tout peust pour ung pfaict
Tant bien me feist selon lattente
De son vouloir que limparfaict
Na peu sur moy tendre sa tente
Par faulx proces que nul natempte
Lhonneur de ma conception
Car seusse dys comme eycellente
La loy receupt eyception.

Puys que Sathan se contrefaict
Deuant le roy ne se presente
Pour propofer erreur de faict
Contre larrest et linnocente
Cest la raison toute euidente
Que soit par bonne intention
Conclud pour moy Vierge apparẽte
La loy receupt eyception.

Renuoy.

℣ Prince du puy chascun consente
Mettre icy son oppinion
Et porter par chemins et sente
La loy receupt eyception.
                    Busquet.

Bon couplet

POur les grans dons/ ⁊ les prerogatiues
Belles vertus oeuures caritatiues
Qui ont eſte es ſainctz hōmes trouuez:
Saicte egliſe a leurs vies approuuez
Et en a faict memoire ſolennelle
Pourtant q̄lz ſont en ſa court eternelle
Triūphateurs en grand magnificence
Louant Abel pour ſa pure innocence:
Le bon Noe pour ſa bonne iuſtice
Melchiſedech pour ſon diuin office
Sainct Abraham pour ſoy obediente
Et yſaac eſperance feruente
Jacob prouue/eſt pour ſa verite
Et Moyſe a/et ſoy auctorite
Puis ioſue le grant triumphateur
Eſt approuue eſtre vray orateur
Dauid loue pour ſa manſuetude
Et Salomon pour ſa grand plenitude
De ſapience en luy de dieu infuſe
Les apoſtres eurent grand perfuſe
Du ſaict eſprit embraſãt tout le mōde
Les fors martyrs de penſee treſmonde/
Ont eu conſtance en leur profeſſion
Les confeſſeurs vraye confeſſion
Du nom de dieu auec perſeuerance
En charite/en foy/et eſperance
Vierges auſſi pour leur fleur virginalle
Ont ſur les cieulx courōne triūphalle.

C Finis.

℄Quę eſt iſta quę progreditur,quaſi
aurora conſurgens.Canticorū.vi.caṗ.

Iam noua concipiens intaɕe exordia prolis,
Pieria proferre tuba,atque decentibus orſis
Hereo,cui liceat diuam conferre nitentem.
An ſit phas homini,quę iam ſupereminet orbes:
Etheris ardentis deſcribere nubibus imḅris
Siue niui ſimilem,plerumque nocentia terris
Iɕa cadūt.ſed virgo manet ſuper aſtra ſalutem
Terrigenum curans,nenon nocitura coercens.
Ergo nec eſt nubes ſeu nix dicenda nec imber
Virgo mihi.potius latiis aurora vocanda eſt
Vocibus.etherei certiſſima nuncia ſolis.
Illi doɕa dedit pręclarum grecia nomen
Leucotheę quoniam diuas candore nitentes
Vincit:& albenti ſubeuntem lumine terris
Signat adeſſe diem.´Tenebrę tunc noɕis inertes
Cędunt, & radios diffundit in aera phœbus.
Dum vitalis eam ſenſit:pręſentet olympus
Lętior ipſe nouam,vultu prodente figuram
Induit, atque nigra fuſcatum noɕe decorem
Inſtaurans nitido matutam ſuſpicit ortu
Surgere,& exultans recipit primordia lucis.
Ora deę totum caligo per aera ſerpens,

1

Tentabat fruftra maculis afpergere;et atra
Inficere expertem labis fuligine frontem.
Nam radians illi donarat apollo nitorem,
Quo-procul immundę triftes caliginis vmbras
Reppulit,ac longe tenebras noctemque fugauit
Hęc aurora nitĕs;virgo eft pulcherrima,cuius
Candida & antiquę non confcia labis origo
Nunciat in terras aduentum inftare tonantis.

              Picardus laurea donatus.

        C Sphera,de qua philofophus
         fecundo cęli expertus

M Aximus eximia celandi expertus in arte
   Praxiteles ftatuit pręfaga mente fupremũ
Exemplar:fummamque operũ prodire fub auras.
Principio purum fędis de fordibus aurum
Elicit infolito ftudio vitęque nitenti
Mifcet aquę:mixtum diuini numinis arte
Conterit exacta,contrito deinde patentis
Circinuli cornu admoto defcribit ad vnguem
Diuinum,fublime,ingens,illuftre,decorum,
Cunctorũque operũ fpecimĕ,fpherãque rotũdam.
Hãc fpherã innumeris circũque fupraque perornat
Stellis,quas rutilãs cĕtro omni ex parte micanti
Luce plancta nouus cunctas illuminat.Vnde
Hoc opus eft adeo excellens vt nulla fuperfit

Quam momus partem poffit ridere vel ipfe
Liuor edax operum. Porro miraberis vnum
Hoc iterum atque iterū, quamuis finita fit huius
Ampla fuperficies fpherę, complectitur in fe
Infinitum, illum fiquidem, qui trinus in vno
Numine difcordes concordi fœdere iunxit
Naturas, quod & euclydes non nouit, & in quo
ᴍagnus anaxagoras mirumque platonis acumen
Cecutit. ęqualem quoniam natura locato
Afferit effe locum. Sed nil fine numine diuum
Hic fieri credas, tanta eft pręftantia fpherę

    Aurea fphera refert ᴍariam de ftirpe creatam
Immunda penitus mundam, formaque rotunda
Circinulo factam ęterno. Sic nempe decebat
Hoc fieri, vt purum puro de corpore corpus
Indueret fummi fapientia fumma parentis
       Gallopinus ftella illuftratus.

        ℃ Epygramma.

NOuerat in cariem pręcifę robora cedri
  Arcarum tranfire faber, ramum iñ fluētē
Excipit illefum : ftudio quem cordis in archam
Formet inauditam, ęternaque albedine feruet.
Sufceptum molitur opus, firmumque fedile
Explicat in feriem : ac mirando circinat orbe
Candida ligna quibus melius corroboret archā

Arcam:quę fulcro confifiit nifa quaterno,
Atque fub inftructo cuftodit fcrinia fundo
Artifici leuiata manu luftratque tanto
Lumine, quod lynceus nunquam deuincat acutus
Huic digito explorat, rectaque laborat amuffi,
Vt nihil incultum rigidum nihil extet, ab illa
Quę nocumenta ferat diuini dextera fabri
Arcuit, & partem fpecie donavit vtramque.
Quippe corufcātis gemme flammaque pyropi
Intima cum folidi fpeciofo adamantis honore
Scrinia nobilitat claufum fed corpus ab imo
Cenfibus innumeris, vllo fine femine replet,
Interior ceu claufa domus conamine nullo
Voce tumet facta, vel mollia gramina roris
Implentur teneri, vitrum que subintrat apollo.
Cum volucri primū ingenio dextraque perita
Integrauit opus, cedri perfudit oliuo:
Morfum quo nequeat fētire teredinis vnquam,
Circuitumque fimul, tali fermone ligauit,
   Nulla tibi tracta eft cariofo robore labes:
   Parte fed ex omni fpiras virtutis ymago
           Iugeranus
        ℂArgumentum.
Anna ratis vetus eft. Maria eft ditiffia merces.
   Nauarchus deus eft. Eft fordes falfa reatus.

NVper idumeo foluens a littore puppis
In fines patrios mercem deuexit opimā.
In quam ne caries falfo contermina fuco
Seuiat, aut abolens tetram fentina mephitim.
Huic preciū excellēs, huic optima femina lymo
Auferat immixto Tacita fic obftitit arte
Sic vigil aggeffit mercem Nauarchus odoram,
Vt mures piceas, vt reumata pontica merces
Quę maculant omnes, dextris auerteret aftris.
  Hanc etenim oppreffę pofthac exponere gēti,
Et pofitam lato mercem pro littore nummis
Reddere vel nullis venturo intenderat ęuo.
  Dū tamen vndiuago nauis celeberrima pōtho
Enatat, & ventis geftit gaudere fecundis:
Pręparat ecce latens flammas pyrata rapaces
Naue potens agili: ditēque exurere mercem
Tendit, & anguftam iurat fpoliare carinam.
Arma fed vt circum puppi defixa recuruę
Nouit, & hic numen fenfit latitare verendum,
Horruit: atque retro male turgida vela retorfit.
  Impetit hīc furcis fapiens Nauarchus adūcis
Cuncta fragos ignes, & dira tonitrua torquet
Furacem in cymbam, cœcaque inuoluit abyffo.
  Tum prius infpecta folerti indagine charta
Dirigit incolumen nauim, portuque fecundo

Exponit nulla tactam falfugine mercem.
Quam fimulac tetigit cenforia turba fidelem
Rettulit, & nitidam certa integritate probauit.
　　Nil oluit falfas fęces vberrima merces
　　Quā bene tuta ratis, quā nautica cura recepit.
　　　　　Theobaldus.

　　　　C Epigramma.

CVm deus humanos terrā formaffet ī actus
　Et nitidū ardenti decoraffet lumine mūdū
Tunc primum excellens cœlefti afflata decore
Emicuit foboles, ftygio fed acta veneno.
Protinus intumuit monftrum miferabile, quare
Illius ob noxam & vetitę contagia frugis
Nafcitur aftra lues, ex qua diriffima peftis
Ingruit, & totum difcordia terruit orbem.
Tū malefuada fames fequitur, qua tabuit īgens
Progenies, longoque dolens qua forduit ęuo.
Quod pater vt vidit rerum mirabilis author
Ingemit, & tanti miferans difpendia cafus
Collapfum renouare genus deliberat, inde
Deligit ex alio folam fibi vertice matrem
Quam nulla infecit labes, fed candidus omni
Parte fuit cœptus, primi nec fœda parentis

Obſtitit ingluuies.tenero nã corpore clauſum
Numen erat, ſemperque fuit clariſſima virgo
Plena deo pectus, ſacroque imbuta nitore.
    O ſincera parens, o noſtri cura ſalutis
Te duce bella ſilent, per te pulſatur acerba
Peſtis, & eſuries vaſto diſpellitur orbe.
Hinc tua christigenis merito conceptio ſancta
Iure colenda venit, conceptio neſcia ſordis.
Qui ponthum a terra ſecreuit, & ęthera ab igne
Hoc voluit veteri patrum vt formoſa careres,
Colluuie, ęterno fueras quę ſponſa tonanti
Ventura & genitrix toti gratiſſima ceclo
    Ergo tota manes cœli regina triumphans
    Conceptu fœlix, ortaque decentior omni.
                Capitius.

                ℂ Epigramma.

Geometra nouus quadrũ deſcribere circlo
Ecce ſuis aptãs manibus ſymmetria tẽtat.
Circinulum dextrę ſtabili quem figere centro
Immoto decuit cornu ſeu cardine forti
Inde vagum cornu plano circũtulit orbi
Equali medio veſtigia curua rotundi
Deſcripti linquens operis diſtantia meta.

Hęc vbi quadratam fublimi marte figuram
Quattuor ęquales quam claudant undique coftę
Mens fuit atque animus medio depīgere circlo,
Quo faɗo pofitum voluit fic crefcere quadrum
Sufciperent varię fpatia vt coequalia formę.
Iifque mathematicis demonftrās artibus ipfum
Id fieri, partem triplicem sic neɗit elenchi:
Tum capit alterius res amplior altera molem
Qua fuerat maior referari parte, valet res
Inferiorque poteft augmenti fumere tantum
Externi: quantum ipfa fui deperdere maior.
Sic habet, At nofter circlus tū quoque quadrimi
Hac igitur ratio iam noftra coronide finem
Sumat, vt in variis referamus poffe figuris
Poni eadem fpatia: & nobis intenta dabuntur.
    Bina mathematici geftantis cornu a dextra
Signatur fuperi diuina potētia patris.
Forma capax circli Mariā docet, ampla tonātis
Numina virgineo (res admiranda) pudore
Intaɗo quę fola tulit. Verum altera quadri
Monftrat origineę virtutis munere cœli
Repletam fine fraude deam Namque illius īftar
Reɗa manens nullo potuit procumbere cafu.
       Pauyotus.
     ℭ Epygramma.

Rima parēs tenebras ī latum miſerat orbē,
perdideratque ſuū lumē iam clarus Apollo.
Nil niſi nox miſero gñi qua clauſus olympus
Qua prope liueſcens pullos aurora colores
Induerat,mundum pluuiis madefecerat auſter.

Tum genus humanum lumē fugiſſe gemēdo
Dauidicum repetunt afflicto pectore carmen.
Heu populi miſerere pater, miſerere rogantis.

Extemplo a ſuperis aſtro concreta benigno
Nix venit:atque ſuos terris diffundit honores.
Nec ſordes olidę, cœnoſave gleba vapores
Inde orti ſurgunt:cœlumque feruntur in altum.
Candentem infecere niuem.nam frigore multo
Spiritus hac mixto fęces auertit olentes.
Vnde ſit vt niueo lapſu decorentur agelli,
Pullulet vt tellus,fructus promittat opimos,
Atque ſub autūno ſuccos diſtentet hyantes.

Hanc ſi recta acie ſpectes,albedine tanta
Candet,vt humanos oculos obtundat & atra
Denigret nebula,nec in hac dignoſcere labem
Credas,qua niueum poſſis damnare nitorem

Hęc claram miſero lucem ſuper addita mūdo
Intulit:& noctis vires ſubuertit acerbas.

Candida nix igitur natiuę neſcia ſordis
Cōceptam Mariā patria ſine ſorde figurat.

l.

℃ Septimam illam Ioannis tubam
que poſt illatas a ſex tubis pla/
gas pacem hominibus reporta/
uit defcribimus.

Audite vocem tube. Hieremie.vi.cap.

AVdite edomiti populi:quos martius horror
Subiecit duris occlufo in carcere vinclis
Hanc clangentē audite tubam,que dulcia paris
Munera promiſſe afflicto denunciat orbi

  Quam faber edoctus,mortes vt ceſſet acerbas
Quas tis terna tulit furibundo buccina rege,
Neſciat & flatus olidos turpefque faliuas
Inferne bucce,de viuo condidit auro
Curuatā in triplices calamos,quibus arte fagaci
Quattuor incluſit finuofa ambage meatus
Omnigenasque affixit opes. Quas inter honores
Expandens facros vrit carbunculus igne
Perpetuo funditque fuas hic plurima flammas
Margaris irradiās, viridique admixta fmaragdo
Crifolythus tādē hāc forti ex adamāte reuinxit
Infractam, magnis qui fummi infignia caufis
Preſſa nitent regis cœleſti inſtrata colore

  In quam pacificus prīceps quū mēte profunda
Quam bene fculpta foret nullifque infecta faliuis
Cerneret infufflans facro fpiramine magnum

Viua voce fonum mifit,quo territus hoftis
Vincitur,& totum pax eft demiffa per orbem
Quo magni arrident cœli. Quo denique totus
Exultat mundus, plangenfque tremifcit auernus.
   Huic funt iratę gentes,quas dira megera
Lactauit ftygiis māmis.Quas cum inclyta fctē
Dona tubę tentant facris diuellere palmis
Magna triumphantis proftrauit principis ira.
   Ergo tuba hęc clangēs inferni eft nefcia flatus.
Quę noftros fedat vulgata pace dolores.

Laîr.

℃ Epigramma.

VRit odoratos ęftas prętorrida flores
   In pratenfe decus defeuit Syrius ardens
Omnis hyperboree fpoliatur frigore ramus.
Si glacialis hyems toto quod in orbe virefcit
Omne rapit, veluti cum flos fuccifus aratro
Flora terapneo quem fecit fanguine languet:
Nil mirum. nam cuncta iacēt fub legibus vllis
Quas natura dedit.decus hoc nudatur amenis
Floribus ortorum nunquam,nec tale tulerunt
Hefperidum,non olenii,non colchidis orti.
Non boreas,non eoo qui fpirat ab orbe

Non aufter fçuus nymbis:hac molle viretum
Sollicitant: rapidos æftus nil paffa nec imbres
Flora eft,quam zephyrus dulci fpiramine fouit.
Qui veniens çftus ardentes nare fagaci
Senferat: hic arbor femper fecunda virefcit,
Semper habet flores,& femper pabula tellus
Pinguia:vere nouo gaudet fpirantibus auris.
Hoc in vernanti vernantem flora vireto
Produxit florem, partum nutriuit olentem:
Cuius areniuagus ferpens occumbit odore
Thuricremo, ficut phœnix iuuenefcit in igne,
In mediis falamandra focis nutritur, & huius
Ex medio gignuntur apes.Caftiffima proles
Hanc circum cornix crocitans inuifa minerue
Immundo voluit caftum violare viretum
Gutture, fed magni pedib⁹ Iouis armiger vncis
Turbauit pepulitque procul,fic flora remanfit
Flore referuato feralis gutture corui
Serpentem coruum/zephyris afflata refurgit.

                              Bellenacus.

               ℃Epigramma

POft nimios çftus,tellus cū torrida fruges/
   Fūderet heu nullas lōgos perpeffa calores;
Surfum erecta polo nubes/pietate deorum,
Cęlicolum pluuiam mifit refoluta falubrem.

Quam vapor ęquoreus/fordes quā terrea nunquam
Nunquam lęthifera potuit confundere menda.

    Hanc etenim Tytan zephyro genialis amico
Preffit,& hinc radiis leuibus fluxuque benigno
Obfcœnam illuuiem, falfofque auertit odores.

    Hoc mirum/vt nubes limofo obnoxia cœno
Langueat:& vaftata lues/lutorque marinus :
Vnde graues nebulę conftataque fulmina fœtent
Nil maculet pluuiam lutulēta a nube fluētem.

    Quinetiam elanguet pluuiali afpergine ferpēs
Noxius & quamuis fufo contacta veneno
Gramina difrumpat:pluuia difrumpitur ipfa,
Qua tellus madefacta viret:qua denique florent,
Nuper ficcatę viole/ veftitur & arbor
Nuda prius/fubito frondes genitura feraces.
Quod fi fqualentes colubros viridefque lacertas
Frangit inaudito pluuialis fchemate virtus,
Quis putat hāc mūdā/immūda fordefcere noxa

    Senferat hāc Helias facro cum flamine plenus
Vidit inarentes longis ardoribus ægros
Delapfam, pluuiam nubes quā fufcula prorfus
Reddidit intactam:terrafque effudit in omnes
Nunquam igitur potuit pluuiam maculare falubrē;
Terrena illuuies cœlis auerfa benignis.

                  Io.Ligarius.

ℂ Epigramma.

VNdique pulchra nitet, nitet oī cādida parte
Nefcit enim fordē facies quam veftit amictu
Auricomus rutilo phœbus, duodena coronant
Sidera: fub cuius nitidis argentea plantis
Irradiat phœbe vario fpectabilis ore.
Hæc fuper ęthereum volitans myfteria cœlium
Vidit ioannes archani confcius alti.
Iufticię fplendor radiofo chriftus honore
Luftrat & immenfo ftellarum lumine matrem
Condecorat. Totum cœli terręque decorem
Infinuant ftelle/reliquis nam fparfa minutas
Gratia per partes vni fe tota puellę
Contulit effundens, pleno thimiamata cornu.
Tris ftellas hominū triplex notat ordo piorum.
Quorū prothotypam noftras dū carperet auras
Exhibuit formam virgo, triplicemque iugate
Virginis, ac viduę vitam cum laude peregit,
Angelicum mifcens cum fertilitate nitorem:
Ne vel adulterii pariens fine coniuge crimen
Vel fterilis virgo legis maledicta fubiret.
Hinc miratur homo: miratur & angelus vna
Quod diuerfa fitu coeant, quod cęlica terram
Integritas ornet cum fertilitatis honore.

Spirituum fterilem merito fœcunda puellę
Pręftat virginitas humanam; flore carentem
Florida fertilitas fuperat. Sic nefcia labis
Virgo pręit multo cœleftis honore nouenum
Militię munerū. quod habet chorus oīs, habere
Cernitur vna. Nouem cœleftes aftra caternas
Defignant reliquis hoīm tribus addita, quorum
Chriftothocos rutilo prefulget lumine virgo

Radulphus Celeftinus.

ℂ Epigramma.

FEcit ab æterna quadratum ætate falinum
Aurifaber magnus, totūque extruxit eburnū
Quod ne communes maculas folitamque ruinā,
Qua reliqui calices ftigioque infperfa veneno
Vafcula fordefcunt, vitio patiatur inepto,
Taxet & enormis pulchrum factura falinum,
Arte ligat fic infolita, fic glutine certo
Vnit vt huic rimas longe diuerterit omnes,
Nullaque monftrarit bifidum iūctura falinum:
Tam bene docta manus, fabro directa fagaci
Finxit opus rarum rutiloque intexuit auro.
Quod fale cœlefti, quod munere diuite plenum
Exhauftum eft nunquam, nullo velut abfuit hauftu
Quod pater Helyas fapidum facrarat oliuum

Annosę viduę dum secla famelica plorat
Obtulit hoc misero gaudēs fabrefactor Adamo
Magnificum munus, quo putres condiat escas
Quo gestum enormen, vermesque exturbet olētes
Ex dape lethifera, malo depastus acerbo.
Sic trabe deiecta dulces effecerat vndas/
Fatidicus moses dum strata imperuia lustrat.
Accipit hinc sęclo quõdam renouata benigno
Viuificum natura salem, dum fonte salubri
Abluit, atque procul sordes expurgat auitas.
Quod si mirifica fretum virtute salinum
Credimus, vt maculas a se diuertat edaces:
Quis sale cum mundo tetras miscere mephytes
Audeat: aut credat stygium feruescere virus.
Non cadit in purum turpis fissura salinum,
Aut natiua lues fabrilem experta Iaborem.
                              Filiaster.
    ℂ Conuersus fecit illud vas alterum,
    sicut placuit in oculis eius vt faceret.
    Hieremie.xviii.

FEcerat expertus tota pro parte rotundum
Vas vnum figulus, casu cecidisse quod alto
Contigit. vnde opifex subita stimulatus ab ira
Reppulit hoc fractum, fortisque misertus acerbe

Conftituit vigiles aliud quod pafcat ocellos
Fingere.Tũc vultus hylares animũque benignũ
Exhibet, vt terra ftatim conformet eadem
Nobile vas aliud, quod cuncta nitentia captet
Rebus ab immundis: omni quod purius auro
Exiftat, gemmafque fuo fulgore micantes
Exuperare queat. Sufcepti cura laboris
Excitat artificis magnum folertis amorem.
Ergo operi magis intendens/ terramque rotamque
Difponit, facilemque manu properante bacillum
Sumit, vt optatos circunferat orbita gyros.
Prẹterea edocto fubiectam pollice maffam
Ducere contendit/digitis arcentibus omne
Quod nocuiffe poteft: illamque exponit aprico,
Vllum ne teneat terrẹ prẹmolis odorem,
Ac longe vt folido perfiftat firmior ere.
Vt libet informat, nullifque fatifcere rimis
Hanc patitur, coctam calida in fornace deceter,
En factum miratur opus/nofcitque fidele
Integritate foni. Variis tum ornare lapillis
Intus & exterius voluit: Tandemque vocàuit
Vas opus excelfi vas admirabile patris,
Balfama quod multo fefe maiora receptat.

M. Michael des arpens.

m

¶ Phiala vitrea.

Æuis erat phiala, & viridi puriffīa vitro
Nullius maculę fibi cōfcia, nullus in oī
Corpore neuus erat, nihil vlla ex perte redū
Nil fędū, deforme nihil, nō purius aurū eft, (das,
Non ea quæ rubro fubnafcitur æquore gemma,
Nobilis hanc olim mira conflauerat arte
Dedalus: & vires omnis fimul artis in vnum
Conglomerarat opus, feque exuperarat in illa
Dum phiālā faceret, fuaues qua tantalus vndas
Intulit: vt magnum potu fatiaret iarcham,
Forma operis perfecta fuit, fpecieque rotundi
Orbis, vbi magni numerofa potentia mundi
Exili poterat fenfim compage teneri.
Illuc omne decus cœli faber attulit. illis
Virtutum fpecies atque ornamenta leguntur,
Vna pudicitię fedes, lapfuraque nunquam
Virginitas/humilem capiunt ex ordine fedem.
Vnde opus excellens clari mirabile vitri
Ingenium oftendit, dum puro doctus ab ortu
Hanc phœbus phialam radiofa luce fubintrat,
Vim nullam intendit: fed fe molimine magno
Excutiens/omni illefam pro parte relinquit.
Quod fuperi mirātur opus, pauet altus olympus
Terra tremit, nec tanti operis fecreta modumque,

Mens humana capit, phiala fpeculeris in illa
Tu mortale genus. Nam verū exemplar honefti
Hic nitet expreffum, micat integritatis imago,
Et velut in fpeculo/virtus quęcunque refulget.
  Magifter Anthonius le Lieur.

   ℃Paręnefis.

AR dua qui penetras fanctę myfteria legis/
 Doctorū irradiās iubar Auguftīe, p̄camur:
Hereticos confunde nouos, qui virginis almæ
Conceptu patrias conantur inurere fordes.
Sume alacres animos: aderit Maria ipfa canenti,
Et mufis comitata fuis & Apolline facro,
Donet vt eloquium viuax & mentis acumen.
 Nunc age quando vocant facrata edefque diefque,
Iamque adeo populus, proceres, factufque facerdos
Si qua triumphantis tangit te gloria cœpti,
Ardenti ftomacho maledicta inimica refelle.

   Hac Paręnefi quam dedit author inductus
  Auguftinus, faufti manichei (qui fctōs prophetas
  mendacii arguebat) temerarias & hereticas
  opiniones reprobans prophetias facras femper
  veras effe oftēdit: qua adumbratiōe virginei
  conceptus integritatem aperte monftrat
  Auguftinus ftomachans fauftum increpat.

PRoh furiale màlũ. Ten facra prophetia tãdẽ
Cõceptã in macula dicet: ftulteque putabit
Contra æquũ ac iuftum, antiquæ veftigia culpa
Obrepfiffe tibi: procul heu procul iftud abefto.
   Oĩs hõ mendax, Sed ab ore prophetia manat
Humano. Eft igitur cõcepta prophetia mendax.
Mentiris fator herefios, fpirabile numen
Attollitque hominẽ in raptus luftratque aperitque
Eterni fecreta dei. Tunc indita menti
Vox diuina canit mundo immutabile verum.
Principium o cęlefte igitur, celeftis origo,
Eloquiuum o cęlefte, deique potentis imago.
Vt vero innumeris cęlorum milibus ante
Tempora diuina verbum o tibi mente crearas
Errati puram hãc ftygii verique tenacem.
   Sic o fic prohibes conceptã in tempore primi
Imperiis erroris agi, atque profundere falfa.
   Tantum adamas tua fancta tui facraria veri.
Ac dum facraret radiantem fpiritus ortũ:
Ecce (ait) æternum diuinę mentis amorem
Ipfe tibi facro, mihi facra prophetia veri
Iam nunc exoriens radios age vnice iam nunc
Erroris vetus omne malum iubet alta poteftas
Vicifti anguftos mea lux duc alma triumphos
Quam proprie o igitur radiare prophetia mõftras

Conceptu egregio mariam,vt tibi copia veri
Perſtat,ita & Marię intactę ſua gratia perſtat.
Errorem victrix aboles. maria vna triumphat
Serpēte ex domito,regnāſque in ſecla triumphat.

G.C.

Vidit in ſommis Iacob ſcalā ſtantem ſuper ter
ram,& cacumē eius tāgēs cęlum,& dominū
innixum ſcale.Geñ.xxviii.

Anna via eſt,genus hūanū plebs denotat,eua eſt
Prima parens,ſcala eſt virgo pudica mihi.

Q Veſierat plebs orba diu penſare parentis
Crimīa primeue:meſtāque grauēque ruinā
In melius releuare bonum,cęloque Iouique
Criminibus leſo ſe conciliare ſupremo.
Nec molitur opus prudens natura:ſed illa
Quicquid agit,veteris pręſentit crimina culpe.
Huic igitur natura nequit ſatis eſſe labori.
Hinc generis gemitus noſtri:ſuſpiria mille
Hinc exorta:ſcelus queritur natura nephandū.

Sed pater omnipotēs caſus miſeratus acerbos/
Vltrices vetuit procedere longius iras.
Nec mora,qua cęlum petitur,terrisque recumbit,
Omnipotens ſummi proles generoſa parentis,
Fit via vi,gaudent ſuperi,triſtatur auernus.

Aeriam in medio ſcalā dedit optimus ille

Rex hoīm diuumque fator:quę vertice cęlū
Pulfat,& hæc terrā pedibus pręmit.Altitonātis
Eximiū hoc opus:hic labor eft:labor arduus &
Miratur natura potēs/ac fufpicit.Illa (quem
Nimirum fcala eft:quam fanctus vidit Iacob
Feffa foporifer,dum mens foret obruta fomno.
Huic erat innixus,noftrę pręcepta falutis
Quum daret,& timido plebem feruaret ab hofte
Chriftus,fumma patris pietas,ęterna poteftas.
Quid natura probas,& tam miraris in illa
Quod nihil e patrio fpiret male fcala veneno⁏
Quod virus patriū eft⁏ quod ferpēs ītulit atrox
Mirum igitur ramos nil prefentire veneni,
Quo tamen infectum fuerat miferabile robur.
Virgo igitur primę nefcis contagia labis
 Locutus eft dominus ad Moyfem dicens:lo⁒
 quere ad filios Ifrael, & accipe ab eis virgas
 fingulas per cognationes fuas a cunctis prin⁒
 cipibus tribuum virgas duodecim, & vniuf⁒
 cuiufquenomē fuperfcribesvirgęfuę,quēcū ex
 eis elegero germinabit virga eius, & cohibe
 bo a mē ꝗrimonias filiorū Ifrael, quibus cōtra
 me murmurāt. Totū notetur caput Nūe.xvii
N Vllis iuncta folo radicibus integra virgo,
 Virgo facerdotis cum fructu florida fecit,

Tunc Aaronis eam fignabat miftica fummi.
Sic mala nefciuit fœdę commercia terrę,
Sed pręter carnem viuens in carne parentis
Quam dederant/ puro de femine corpus vt effet
Spirituale nihil. nifi folum a carne laborem
Ad meritum fumens cuiufuis nefcia culpę
Ethereo peperit cœleftem afflamine fœtum.
Vtrobique graui ftupuit natura pauore:
Perpetuum rerum folui conquefta tenorem,
Scilicet humana puram fine lege puellam
Pręfertim modico circundare ventre gygātem,
Et fine terrena virgam radice virere,
Maturoque prius fruƌu quam fronde repleri.
Concipiens igitur conceptaque virgo, lutofa
Eluuie caruit, neque terrę vt virga cohęfit.
Afper originę nodus venialis & afper
Spurcitię cortex aberāt. Ac fcyrpea tota
Pulchraque virga fuit placido fpeƌāda virore.
Quod tribuit natura deo(cui culpa repugnat)
ʜoc tribuit Mariæ genitalis gratia reddens
Fomitis exortem, Quia non peccauit Iefus
Matrem qui voluit macula caruiffe paterna:
Quamuis humanis traƌi de fordibus omnes
Primeuo de fonte trahant noxam : tamen ifta
Fœce dei genitrix inimico tefte vacauit

Cū neque culpa quidem venialis/ vt afferit hoftis
Ius in eam cœpit. Rabidam compefcite linguam
Ne cenfura graui frenet vos impia chamo

⸿Regnum quod in ęternum non dif/
fipabitur. Danielis fecundo.

FRendet in inuictum rabies mauortia reguū
Liligeram terra ; fed inania caftra ferūtur
Scilicet hāc montes varii, fluuiufque perennis,
Hanc pater Oceanus muro velut ambit aheno.
Atque vt nil rigidis nil vnica terra duellis
Langueat, vt relique diuina potentia facrat,
Hic regem inuictum fanctoque afpergit oliuo,
Qui velut aduerfos Dauid ruat alter in hoftes,
In quos hunc certi diuina prophetia verbi
Concitat,& ter cana fides, fanctufque fenatus,
Certaque pacifere firmat concordia gentis:
Vnde repentino feruata eft francia motu.
Seuiit in tantum legio temeraria regnum
Cœco marte furens, vlulafque imitata finiftras
Acciit obtortos angues aquilafque rapaces
At nihil horrendę volucres, nihil iuuius anguis,
Nil faciūt furię armifonę. Nam munere gaudēs
Francia cœlefti/nulli eft obnoxia marti;
Quę nocuas acies conflataque fulmina victrix
Diffipat, atque procul pauidos eliminat hoftes.

Tantum liligero cœleſtis gratia regno
Fauit,& inſultus olim pręuenit in omnes,
Semper vt hanc gradiens paſſis victoria ſignis
Imperialis honos,& gloria vera ſequatur.
Terra etenim Frāca eſt, quę candida lilia geſtat,
Diuinę oſtentans inſignia conſcia dextrę.
Biſſeni heroes/pariles ſacrantur amici.
Hęc geſtant francę certiſſima pignora terrę
Noſtra igitur virgo francā modulata per oram
Franca ſit a priſcis liberrima terra duellis
        ⦗In Mariæ conceptus ſinceriſſimi
        laudem heroicum epigramma.
             Templum inſigne dei.
Vl Idimus eoo qua Titan ſurgit ab ortu
        tēplū īsigne decēs quod fulmīa nulla nec ignes
Nec nouit longum(licet auferat omnia) tempus
Pręcipiti caſu/& fœda lacerare ruina.
Archi etenim tectus rerum, qui mente profunda
Collapſum omnem tectorum motuſque futuros
Telluris ſecum pręuiderat, ardua dudum
Fundamenta operis ſollerti fecerat arte.
Argentum candens inter ſuffudit/& aurum,
Nec minus arte omni excellēs quā diuite gēma.
Fundatur toto paries cum corpore. flammas
Hinc mouet ardētes/rutilans carbūculus illinc
                                    m.

Topatius viridi contra certante fmaragdo
Quique fugant radiis angues atrumque venenum
Chrifoliti claroque nitens felenites amictu
Et nitidi circūgenus affluit omne lapilli
Nec fera tempeftas ne frigora nimbus & aura
In tantum feuiret opus. Sic luce corufca,
Sic variis templum fplendoribus vndique fulgēs,
Debuit auctorem facrata inducere fede
Non atrum tecto plumbum non ferrea moles
Vlla datur paffim faphirus defuper alto,
Aerios referens decora cum luce colores
Cernitur & fummo radians fol aureus axe
Nigrantes arcens tenebras piceofqne vapores.
Quid fupereft/diuino īpreffa charactere porta
Clauditur vna decens conftructis vndique valuis.
Ergo immota dei fedes memorabile templum
Commune exilium nefcit / terræque tremorem.

Marc.

Anguebat trçmule gelidos çtatis ob ānos
Dauid Ieffeides morbo corrept⁹ acerbo
Quē fibi legarāt miferi pro dote parentes
Tanta fuit morbi vehementia: tanta dolenti
Frigiditas ftomacho, nullo medicabilis igne,
Cogeret vt dominum/vitā poftponere morti:
Donec virgo foret, longis quçfita diebus,

Quæ medica fieret quacunque falubrior arte.
Virgo/puellares inter pulcherrima cœtus
Integritate micans/ animo fincera/verenti
Fronte/& luminibus placidis/ greffuque decenti
Compofito vultu/qua nulla venuftior arces
Incoluit folymas: deus hanc ex omnibus vnam
Ornauit meritis. Et tandem ingreffa cubile
Dauidis/morbi caufas edocta nocentes
Solatur dominum verbis & dona miniftrans/
Curat ab algenti feuum depellere frigus
Pectore:nec fedę metuens contagia peftis
Sępius accumbit ftomacho: crudumque dolorem
Lenit:& affiduam captat cum rege quietem.
Frigiditas antiqua nouo ceffura calori
Eruitur:fenfimque perit calidufque medela
Fit princeps/vtique fuos ac fępe nepotes
Mandat,vt amiffum poffint reperire calorem
Omnis enim morbo foboles Dauidis eidem
Subditur immunis. Sed fola puella remanfit
Quam nequiit tanti rabies inuadere morbi.
NVllus originea Mariam rubigine lęfam
Aftruat:vltricem ne pignoris excitet irã.
Hoc ius/hoc ratio vetat:hoc fententia patrum
Explodit:mare/terra polufque reclamat: & ipfe
Filius ęternum nefcit mendacia verbum,

Quis blafphemus adhuc virofo defpuit ore
In cœlum:quis adhuc media fub luce diei
Palpat vt in tenebris: deus inftat,& ecce refiftit
Stultus/& incerto ventes diuerberat iĉtu.
Quid precor errorum dubia iaĉatur in vnda
Naufragus in folida temnens requiefcere petra:
Romula nam prohibet/gladio cenfura minaci
Chriftiferaque petri deturbat naue rebelles
Magna potens/dñs dedit illi magna/negantes
Arguit,horrendafque dedit blasphemia pœnas,
Impia prodigiis mendacia fępe refellit
Angelicifque minifteriis/vt tota liqueret
Pulchra/dei mater/rutiloque micantior auro
Et niue cãdidior.Purum fine labe fpecillum eft,
Haud dubie dignum, cui lucis imago paternæ
Imprimeretur atrox diuini feruitur oris
Hereticus gladio,reticet,mutire,nec audet
Hifcere/iam trepidat/contraria fidera vincunt.
Totaigitur pulchra ē/tota ītus & ī cute pulchra.

M Agnus ab īmūdo deduxit ftamine mūdū
Texor ephos:nullas durāte albedīe fordes
Quod bibat: aut nunquam contagia fordida ducat.
Scilicet hanc telam foles effigere textor
Sciuit:&t aurato(tanta eft folertia)filo
Confuit:vt fordem/fanĉas adduĉus ob altas

Communem exturbet/bonitas æterna fupremo
Texerat archiuo: & macula fervaret ab omni
Donec mundicies candorem imitata niualem
Diuinos pafcẽs oculos/lucenfque vel ipfum
Ante luem/patuit facro cum flamine apertum.
Induit hoc alto veniens ex axe facerdos
Maximus:hoc tectus celebrat dũ myftica fũmo
Sacra patri/celum terre:terramque fereno
Iunxit:nec poterat quifquam perpendere vifu
Tam nitidã tunicam/qui nõ mox capta reflectat
Lumina/tam viuus diuini candor amictũ
Circuit:& tantis voluit perfiftere textor
Mundiciis femper: ne fummo addictus honori
Sordeat affueta fuligine, neue lutofum
Lixiuium fubeat:maculas quo tergimus. Ergo
Has nunquam fordes veftis mundiffima/nunquam
Imbibit. ne mundis placeat mundiffima diuis
Vnica. Sic plaudens celebrat quã neuftria durat
Durat communi nũquã fuperaddita noxę
Candida quę fummo feruata eft numine reftis.
    Magifter Guillermus Thibault.

    Ephos. lineum ext. regum.
FEcit apis quondam cœlefti egreffa vireto
 Virgineam ceram, cellaque inclufit honefta

Vt fordes olidas,vt triftia toxica nufquam
Imbibat:aut oleat prifcum putrefacta venenū
Sic prouidit apis:ceram fic fingere mundam
Sciuit,vt obftructo furacem e vimine fucum
Truferat,& tacita turbarit cufpide,Totum
Fauit api cœlum,ftellifque arrifit amicis
Dum legit apricos flores, facilefque napeas
Confulit,vt taxos longe fe ponat olentes,
Et faciat nulla tactam putredine ceram:
Ceram,qua factus diuina cereus arte
Orbe fitus medio iugemque accenfus in ignem
Difcutit antiquas tenebras, qua denique fummi
Numinis effigies caufis impreffa profundis
Vifitur atque procul maculas eliminat omneis
Quod fi fortuito vel quoquam infecta veneno
Cera foret:nunquam prohibenti numine nunquam
Sumpfiffet,miro diuinam enigmate formam.
Virgo etenim cera eft/cœlo concreta fereno
Et fapido confecta thimo:quę gurgite falfo
Dū natat,vt ficta eft/in vafcula concaua, dulces
Auget aquas/nec olet falfos immerfa vapores
Cera igitur virgo mufca feruata fagaci
Triftia tu prifcę nefcis contagia virus,
       ℭ Epigramma
       Guillermi Theobaldi,

VEnerat infultãs latebras venator agreftes
  Effreni deuectus equo damafque pauentes
Et fortes iam vicit apros vt ftrage cruenta
Saucia communi ruerent armenta periclo
Et lõgum complexa malum/dũ mõtibus altis
Quos inter ftellata domus / nullifque pharetris
Peruia vifuntur fummi penetralia cœli
Defilit vtque volans rabidos illudat hiatus
Solaque feruetur diuinis cerua triumphis
Nefcia primeuæ maculæ, mediofque per arcus.
Perque nemus pictum niueo defertur amictu   ,
Et flanti munita deo fic ardua voluunt
Numina/fic mandant ftabiles concurrere parcas
Vt cerua emineat faltus fecura per altos
Fontanos iam nacta finus vbi naiades vdę
Sic hoftem profugum irritãt;quid fpicula profunt
Ferrea;quid profint caffes in mente prophana
Tangere diuinos artus/prolemque fupernam
Credis;& affueto, demens temerare reatu
Non fic hoftis iners non fic,vt publica labes
Vt commune malum tãgat quæ ventre pudico
Quæ diuina capit dignis mifteria membris
Et tantas oftentat opes,immenfa poteftas
Altaque faluifici prohibet fapientia gnati
Non flamen geniale finit,dum multa redirent

Secula dum ſtarent nullos reuoluta per orbem
Iam ſignata parēs/certoque īpreſſa profundo
Vnica diuinę ſteterat ſolacia menti
Sic igitur virgo ſiluas ingreſſa latentes
Conterit hoſtiles cœlesſti numine turmas.

Ioan. Belenger.

℃ Aliud epigramma.

INuidus occultas fraudes rabiēque caninam
Induerat lupus & roſtrato dente quietam
Eſt agreſſus ouem/ſanieque infecit acerba
Hinc tāta illuuies agmen graſſata per omne
Cogitur/ vt tādem triſti ſuccumbere morbo
Proſpiciens miſeras tanta egrotare ruina
Summus oues paſtor fatali vulnere leſas
Et meditans ſacro fœdas medicamine ſordes
Pellere & vrgentis reſecare pericula cladis
hęc fecum. Antiquę labis morſuque lupini
Neſcio, ſurget ouis cœleſti vellere fulgens
Sic volumus reparet vetereſque intaƈta ruinas
Primeuę pecudis: tacita vix talia mente
Fuderat effulgens in opace viſcera matris
Ardua cum cœpit primo hęc exordia fœtus
Carpere vitales, necdū bene cœperat auras
Protinus vt paſtor(pecudū quē cura remordet)
Imbuit ambroſio fulgentia membra liquore

Sic niueos artus, fic nigri fomitis expers
Numine fublimi corpus luftrauit amicum
Aerios referens vultus, folemque ferenum
Vt non letheo rabies intincta vapore
Nec funcfta lues macies nec frigidus humor
In pulchram feuiret ouem, cui tanta venuftas
Cuique tot impertit virtus celeftis honores
Vt validum partu diuinum emiferit agnum
In lucem veteris contagia tabida cladis
Quique graues morbos maternis artubus arcet
Sic ergo alma parens agnum latura benignum
Nefciit internum virus dentefque ferinos.

Epigramma. G. Maulduict.

Virgo conteret caput tuum.

SI violenta lue/fi cauda infecta drachonis
Polluit infufo radiantia corpora fluxu
Ardentefque aftrorum orbes, fi clara micante
Signa globo nigro petiit velamine olympi
Virgo infigne iubar, phebo dilecta parente
Ante mare & terras, caput attritura colubri
Non potuit lumen radiantibus vndique flammis
Obtenebrare tuum ; & primo fedare veneno
Exemptum/ eterno fupremum numine corpus

n

Clarus enim virtute leo;illuſtriſque perhenni
Lumine,qui radiis caput inſpectabile acutis
In gremiũ inclinare tuum decreuerat omni
Te vitio illeſam ethereo prçuenerat igne
Vtque venenato nigri ſerpentis ab ictu
Diua intacta fores;alis inſigne duabus
Et diuo ſplendore potens perfudit odore
Ambroſio;totum foris intus & in cute corpus
Quo cuſtode niger clara in prçcordia ſerpens
Nil virtutis habet;virgoque intacta per vmbras
Candida tota nites;occaſu ſemper & ortu
Sic conſulta deum.Sic phœbi inflexibile mente
Sic leo cœlorum virtus,cui dedecus ingens
Afforet,& toti reſecanda infamia cœlo
Sorde laborantes ſi ſe inclinaſſet in artus
Virgo noſtra dea eſt cœlorum ımmēſa poteſtas
Quæ virtute patris;gnati pietate,ſacrati
Flammis auſpicio,turpi de ſemine ab omni
Illeſos habuit primoque a crimine cœptus.
Ergo ſuper ſubterque,nitens ſanctiſſima virgo
Spernis origineas celeſti numine ſordes.

        ¶Aliud Epigramma.V.de la balle.
          Lectulus noſter floridus.
          Canticorum primo.

OMnipotēs herebi victor miferatus acerbos
Terrigenum cafus primique piacula patris
Iam refecare parans/charites his detinet vltro,
O mihi cçleftes nymphç chariſſima femper
Numina/nunc mifere noftra eft fententia genti
Parcere, ftellatique recludere limina mundi
Idcirco humana peragrabit imagine terras
Vnica progenies.Quare vos çthera pennis
Prçpetibus tranare/thorumque effingere fas eft
Floribus intextum/& dignū quo diua propago
Accipiat fomnos.Dixit.Tum iuſſa capeſſunt.
Principio, cedens nullo violabilis çuo
Congeritur/qua facrati fpiraminis arte
Diuinum çdificāt opus in quo regula nufquam
Delirat. tabulç cœlefti glutine iunctim
Aptantur, tetricique vngues per leuia currunt
Exhinc ne fpurcos ducat tellure vapores
Tollitur ad cœlum niueis argentea plumis
Culcitra, completur tenui fub candida biſſo
Lynthea ne teneros artus offendere prolis
Cœligenæ, valeant fulgenti ftragula cocco
Sternunt fegmento paſſim decorata micanti.
Infuper çthereo lectum cortina nitore
Contegit, omni genis fuperum depicta triūphis
Ambrofei hic fpirant flores, hic gemma nitefcit:

Vile nihil,nihil abfurdum aſt omnia quadrant
Sūma ex quo terras ambit verſatile cœlum
Haud ſimilis viſus,cernet nec poſtea ſecla
Lectū virgo refers cubuit quo ſumma poteſtas
Vnde tuos conſtat ſemper candeſcere cœptus.

Epigramma.G.Maulduit.

FAlſifero mauors ſub cauda ardēte drachōis
  Cū ſene coniunctus per climata cūcta vapore
Fuderat;hinc exorta lues;hinc tabida peſtis
Polluit infuſa mortalia corpora ſorde.
Vixque animata iacent tantis infecta venenis
Cum gemebunda graues hoīm miſerata ruinas
Alma parens tellus; O quid medicamina ceſſant
Phebe(ait)auctor opis medice/quid pectora gētis
Egra tuę tanto pateris ſordeſcere morbo,
Hęc ait.At contra ſic phœbus.Siſte dolores
Siſte animi plāctus:miſerum mens ibit in orbem
Diua/ ęſculapius/qui nigra venena,luemque
Expellet,caſuſque hominum ſanabit acerbos
Verum tota decens antiquę neſcia labis
Eſt condenda domus/primis exempta ruinis
Quę nitido admittat magnū ſub tegmine regem.
Vix ea finierat ſolymas cum iuſſus ad auras

Venit athlantiades ; qui atra fub rupe nitentem
Omni parte domum, diuina condidit arte.
Squallida ne fierent, fummum captura tonãtem
Tecta: vel effufum traherent fuper ethera virus
Fundamenta operis nec adhuc cõftructa iacebãt
Dum commune malum : & tante contagia peftis
Mercurius vetuit/totamque ita fparfit odore
Ambrofio, fedem/feptemque fulta columnis
Atque auro paffim radiat decorata micanti
Vt non atra luto fanies, non tabidus humor
Polluerit tetro clariffima tecta vapore.
Sic opifex rerum voluit, Cui fumma poteftas,
Sic hominum decuit triftes expellere morbos.

    ¶Epigramma, M.Capitii.

NOx erat: & phœbus radios agitare per orbẽ
Indignatus erat : tenebrafque perofus opacas
Condiderat fummo latitantes ethere currus.
Tunc noua progenies: tunc gens oritura manebat
Sordida torpefcẽs : ftygiis moritura fub vmbris
Quod genus eternæ miferans clementia lucis
Manfuetum facili folem fic ore precatur.
Summe parens rerum pacifque falutis auctor
Qui mare/qui terras/qui folo cetera nutu

Irradiare potes fpiſſoſque repellere nymbos
Eripias populum tetra ſub nube cadentem
Atque velis placidos iterum diffundere vultus.
Tum deus humanę victus pietate ſalutis
Vt poſſet ſtygias penitus confundere noctes
Et ſe fulgentem tenebroſo pandere mundo
Diſſecuit nebulas radiis, coeloque nigranti
Emicuit pleno pulcherrima cynthia cornu
Quę licet obſcuro fuerit ſtipata vapore
Et gelidum toto putreſceret axe venenū,
Nulla tamen proprio conſiſtit corpore ſordes
Nec ſcythicus potuit boreas, nec turbidus auſter
Flantibus horriſonis nitidum mutare colorem
Tam bene phoebeis fuerat ſeruata capillis
Qualis harenoſa reſplendet gemma palude
Ortaque floreſcunt ſilueſtri lilia campo
Sic inter nymbos/& denſi vellera coeli
Cynthia pręfulgens/ſanctiſſima cuius origo
Non voluit coeca turbari grandine venti.
Nec tulit vm̄broſam formoſus candor æclypſim
Sic placuit ſuperis, ſic magnus fecit Apollo
Vt tota immēſum purgares candida mundum.

        ℃Aliud epigramma
        M, Berenger.

ECquis in electa genialem virgine fordem:
Quis nifi mētis īops/nifi fēfu & lumīe capt⁹
Suggerat, atque procax aufit fuffundere virus
Indiget helleboro, qui hāc hallucinatur ab omni
Exemptam prorfus patrię rubigine fordis.
Nimirum hoc potuit rerum cui fumma poteftas
Omnipotens, cuius fummū cōprehendere numē
Mens non vlla poteft quę nō capit aftreus orbis
Hoc voluit qui quādolibet facit omnia, cui non
Vfque refragari licet/atque refiftere chara
Debuit hoc fua progenies chariffima matri
Hoc licuit, namque vt miferos infaufta nepotes
Fœmina fubdiderat maculis; ita fœmina virus
Expuit immundum fcelerifque repacula foluit
Si licuit/decuit. matri fi hęc munera natus
Debuit/id potuit, quadrabit vtique voluntas
Dicit, quis cœlum/terram/quis & aera fecit/
Occeanumque patrem/quis condidit aftra
Titanis phębefque/deus quam hifce creandis
Materies deus e nihilo deus ifta creauit
Si ex nihilo quicquā fummi omnipotentia regis
Finxerit, an ne aliud tāti patris ęqua poteftas
Si aliquo turpique poteft de corpore corpus
Edere fincerū, num pignora nefcia leprę
Progenerat leprofa parēs:nū corticis expers

Caſtanea hirſuti rigido de tegmine pendet,
Cui nam igitur ſuaſit tātam inclementia matrē
Atque in matre deum ſcelere inceſtare paterno.
Verte miſer tua vela voras improuidus hamum
Verte citus pudeatque iſtis hęſiſſe ſalebris.

C Epigramma. M. Belengier.

Vm tua ſublimi cōtēplor numīa ſēſu
Et totis ardēs anīs percurro nitorem
Diua tuū, veſtiganti mirabilis ortus
Exhibet en ſēſū: quē nō natura nega⸗
Excellens opus et diuini artē Alcimedōtis (rit.
Obtulit & varias mihi lex moſea figuras
Ipſa quibus patuit iaceres que fortia legis
Fundamenta nouę. Signauit fœderis vrēs
Flamma rubi. Turris Dauid ſalomonica ſedes
Ianua clauſa virēs ſethim manna ęthere lapſum
Iſta tui placidam reſerant enigmata cœptis.
Hiſtoriam/quem miratur conterritus orbis
Concelebrant cœli, ſtupet atri regia ditis.
Tantus honor patris, virtus ſapientia nati,
Flaminis & bonitas in te coiere creanda.
Tu nato adſignata parens/aſcriptaque magno
Sponſa patri dileĉta ſacri ſpiraminis hoſpes

Quo cuſtode niger lucenti ſquallor in ortũ
Pretenti nil iuris habet, decuitque tonanti
Candida luceres foris intus, & in cute mater
Reuera candoris amans & criminis exors
Sorde laborantes non ſe inclinaſſet in artus
Quis ferat incaſſum quõdã & ſine lege locutos
Vanaque de Maria mentitos ſomnia vates
Credere veterem patre ſubiiſſe ruinam
Fas & iura vetant, quod ſi voluentia nati
Corda, tuus non tãgit honos plus forſan alũna
Caieta Aeneç/lupa plus venerata quirino.
Tota igitur renites pullatis quale ſub vmbris
Sydus & exoriens cœnoſo in littore gemma.

℃ Aliud epigramma. Io. de quercu.
Iouis optimi maximi fatalis ſagittarius(homi
num vix elimata ſobole) eam lerneis ſagittis
indiſcriminatim ſolitus cõfodere, marianam
parthenicem ſingulari diuorum priuilegio ĩ⁄
demnem inuulneratamque relinquere cõuĩ⁄
citur. Nullũ prꝗſertim eius virginis, vt alio⁄
rum omnium nomine inſcriptum fatale telũ
ſua in pharetra inueniens.

TOrua frõte minax ſcelerũque acerrim⁹ vltor
Nubigenũ magno de ſanguine centaurorũ

Arcitenens: fythicus longe qua prominet axis
Geſtat amazoniam pharetram celereſque ſagittas
Fatalemque arcum: valido qui concitus iĉu
Spicula mille vibrat, certoque impīgit acœrbum
Humanę ſobolis tenera in corpuſcula vulnus
Vixque animata iacent tantis confoſſa ſagittis
Sed iam tēpus erat pulcher cū peĉore nymphœ
Telo eſſent vibranda graui, ſi forte fuiſſent
Tunc arcum tondit celerem chironius heres
Terque quaterque ipſam inquirit verſatque pharetrā
Mille grauem iaculis, ſed nō dc millibus vnum
Quod fatale foret, ſcriptūque in nomine nymphę
Repperit arcitenens, ſeuas mox verſus in iras
Arma vibrare parat celebri nō debita nymphę
Deque ſagittifera pronpſit duo tela pharetra
Talia quem fruſtra conātem ac arma parantcm
His pater alloquitur diĉis, centaure poteſtas
Nulla tibi noſtro niſi conſignata ſigillo
Quę te tanta igitur parui fiducia regni
Commiſſique modo quę tanta licentia nęrui
Te mouet armigerū, contra vt decreta deorum
Ire pares ſummi, & contra mea iuſſa tonantis
O neſcis Centaure caua ſic nube puellam
Sepſi vt nulla ferat vulnus fatalis erymnis
Siſte igitur. quod ſi pergis ſed maxima nymphę

Dicere preſtiterit laudis pręconia.viuat
Diua pharetrati quę tela vltricia monſtri
Nulla timet, mollitque iras animoſque minaces.

℃ Epigramma
M. Belenger.

FRigidus agreſtes glaciali pulſus ab arðo
Omne decus Pomona tuũ popularat acuto
Frigore, & inſignes vertũni attriuerat ortos
Cum ſupcr inuigilans pręſaga mente colonus
Incipit antiquos vlciſci ruris honore
Scilicet hinc omni peſti ne cederet arbor
Dempſit oliuaceum veteri de ſtipite ramum
Myrtus erat paphię quondam gratiſſima matri
Quæ properans dudũ ſterileſcere more gēmētis
Guttifluas ſtillabat aquas/nudataque cœlo
Brachia pendebat ſenio muſcoſa rigenti
Hanc pater agripotens oleę qui viua feratur
Gemmula/delegit terrę tamen addere vires
Fas erat/& genio tepidum inſpirare calorem.
Ergo fodit ſpargitque fimo diſcriminat omne
Omne quod ītus erat, nocuũ fruticeſque malignos
Trũcitus & ſpinas circum detondit inertes
Mox qua corticeo ſurgit de ſubere botrus
Prę teneras rumpens tunicas diffunditur

Lunula parua finu, germen viuacis oleę
Huc pater includit vigili quod lumine feruans
Talibus immenfum votis folatur amorem
Crefce arbore,xempta gelu mihi profer oliuum
Humanis validum morbis fera pręlia fedent
Frondis figna tuę/fufcas tunc pellit iunco
Caudice formicas/hircofque hinc arcet olentes
Nulla mora ad cœlum ramis fœlicibus arbor
Exiit,hibernis nunquam viciata pruinis
Virgo decēs tu planta ferax veteri infita trunco
Atque ideo tuus omni nefas cōceptus abhorret.

℃ Aliud epigramma.N.Capitii.

PRotulit epyrus quercum fyluofa bifurcam
  Aerio celfos tangentem vertice montes
Sępe fub vmbrofa refidebat fronde fupinus
Iuppiter atque libens tanto de robore curas
Cœperat ingentes, fperans vt crefceret arbor
Grandis: & immenfum fatiaret glandibus orbē.
Interea fulgur tonitrus,aconita vapores
Frondibus infultant patulis; mox aruit arbor
Aruit & radix pluuię cecidere nigrantes
Cum videt implumē lōguo poft tēpore quercū
Iuppitervt molli lentus recubaret in vmbra

Cum genitum maria cœlum demifit ab alto
Arida que luftrans furcati brachia quercus
Protinus arenti fola in radice fupernum
Impluit humorem: terramque rigauit amenis
Imbribus, hinc viridans duro de ftipite virgo
Surgit, odoratas excedens culmine cedros
Quam nec dira lues, nec venti turbida grando
Perculit: ac ramos nunquam fpolia virentes
Atratum potuit virus: fic firma iubebant
Fata dei: cladem fic reftaurare decebat
Arboream, vt quamuis fruĉtum produceret arbos
Et quamuis tonitru fuerit mutilata proteruo
Quercus: & ęquali fit lęfus grandine ftipes
Reĉta tamen nequiit prorupto fulmine tangi
Virga nec illius primum fpoliare virorem
Brumale eualuit frigus. Nam Iuppiter olim
Huius in extremo cupiebat acumine glandem
Inferere. vnde lues quernę reparata vireret
Arboris, & totos impleret frugibus orbes.

⊏ Odę ad diuam virginem.
G. Maignart iuris Cęfarei.

Holofernes hoftis temulentus
Expers dirifati vel ominis

Suis iacens caſtris ſomnolentus
Prurituque prerardēs ignis
Cęſo cadit capite inſignis
Iudich manu;diuinis dentibus.
Manu quid? Nõ. ſed pede virgīs
Cadit ſerpens tritis capitibus
Et macula quam Eua fœtibus
Inſeuerat;aruit in ea
Hęc prophetia;canit plus cātibus
Tota pulchra es amica mea

℃ Tu es Iudich virgo diuinitus
Figurata ſacris in paginis
Fons ſignatus/nūquã turbulētus
Nec obſeſſus dęmone machinis
Odor dulcis balſami virginis
Pręornata ſacris monilibus
Tum & dolens roſa ſine ſpinis
Orti clauſi nata in vallibus
Validati clypeis milibus
Iſta refert Salomon antea
Cantat item & crebris vocibus
Tota pulchra es amica mea.

℃ Pſalle David vates luculentus

Archa venit diuini numinis
Iƌus hic eſt:ſed eris contentus
Et precium humani germinis
Fuge michol tuis cum cachinnis
Veri mutis clam ſuſurrantibus
Tubicines clangito virginis
Humana gens bucis pendentibus
Concinite Salomon cantibus
Diuis cantu plebe cum hebrea
Tu es botrus engaddi vitibus
Tota pulchra es amica mea.

℄ De libano ſanir de montibus
Virgo:veni tota ſaphirea
De amara pardorum ſentibus
Triumphalis corona laurea
Confutatis te oblatrantibus
Tota pulchra es amica mea.

F I N I S.

Imprimebat Petrus Vidouçus.